Sem olhar para trás

Sem olhar para trás

LANNOY DORIN

IMAGENS: ROGÉRIO BORGES

Editora do Brasil

Dados Internacionais de Catalogação na Publicação (CIP)
(Câmara Brasileira do Livro, SP, Brasil)

Dorin, Lannoy
Sem olhar para trás/ Lannoy Dorin ; imagens Rogério Borges. – 2. ed. – São Paulo : Editora do Brasil, 2009. – (Série jovem Brasil)

ISBN 978-85-10-04716-6

1. Literatura infantojuvenil I. Borges, Rogério. II. Título. III. Série.

09-07329 CDD-028.5

Índices para catálogo sistemático:
1. Literatura infantojuvenil 028.5
2. Literatura juvenil 028.5

Direção geral
Vicente Tortamano Avanso
Direção adjunta
Maria Lucia Kerr Cavalcante de Queiroz

Direção editorial	Cibele Mendes Curto Santos
Edição	Felipe Ramos Poletti
Coordenação de artes e editoração	Ricardo Borges
Coordenação de revisão	Fernando Mauro S. Pires
Auxílio editorial	Gilsandro Vieira Sales
Revisão	Gustavo Aragão Cardoso
Diagramação	Janaína Lima
Foto da capa	Jean-Paul Nacivet/Getty Images
Controle de processos editoriais	Marta Dias Portero

2ª edição / 4ª impressão, 2016
Impresso na Colorsystem Gráfica Digital e Offset

Editora do Brasil

Rua Conselheiro Nébias, 887, São Paulo, SP, CEP: 01203-001
Fone: (11) 3226-0211 – Fax: (11) 3222-5583
www.editoradobrasil.com.br

Sem olhar para trás

1

Eram sete horas da noite quando a campainha do interfone tocou. Marlene foi atender.

– Quem é?

– Somos nós, dona Marlene – respondeu Vera.

– Ah, sim. Um momento.

Pôs o fone no suporte e foi chamar a filha.

– Paulinha, suas colegas estão aí.

– Vou indo, mãe – e saiu do quarto ajeitando seus longos cabelos castanhos.

Paula abriu o portão e cumprimentou as colegas:

– Oi, gente, tudo bem?

– Tudo bem – responderam Vera, Zeza e Sônia numa só voz.

– Vamos entrar? – convidou Paula.

Entraram e foram direto para a ampla sala de estar.

Era o último dia que estudavam juntas. As quatro eram alunas do 9º ano da mais tradicional escola de Itu e haviam ficado para as aulas de reforço em Matemática.

O professor Alcides sugerira que estudassem em grupo. E, brincando, dissera:

– Vocês são bem diferentes, mas a Matemática as igualará.

O professor estava certo. As quatro tinham a mesma idade, mas só se pareciam no vestuário: camiseta branca com o emblema da escola, calça *jeans* e tênis. No mais, eram bem diferentes. Paula e Sônia eram altas e de cabelos longos; Vera e Zeza, um pouco mais baixas e de cabelos curtos.

Haviam estudado mais Matemática nas três últimas noites do que durante todos os meses passados. Mais que isso, tinham se conhecido melhor. Apesar de serem colegas de classe, durante o ano cada uma pertencera a uma "panelinha" e por isso o relacionamento delas tinha sido apenas superficial.

– Fiquem à vontade – disse Paula jogando para trás os cabelos.

Vera e Zeza sentaram-se no sofá, Sônia numa poltrona e Paula noutra. À frente do sofá, e entre as duas poltronas, estava uma mesinha com um cinzeiro.

– Como é, pessoal, vamos estudar? – perguntou Paula, dando um tapa em cada braço da poltrona e esticando suas longas pernas.

– É isso aí – apoiou Vera. – A gente não tem outra saída. Vocês já pensaram se não der pra tirar nota com o Cidão? Vai ser uma vergonha.

– Vira essa boca pra lá! – retrucou Zeza.

Sônia fez um ar de pouco caso, arregalou seus lindos olhos verdes e comentou:

– Olha, não estou nem aí.

– O que é isso?! – recriminou-a Vera.

– O que é isso? Estou cheia de tudo – prosseguiu Sônia. – Não sei nem o que quero ser na vida e tenho que ficar estudando Matemática como uma condenada. Puta coisa chata!

Vera mexeu-se no sofá e sentenciou:

– Olha, gente, é só uma prova e ninguém vai perder o ano por causa disso, não é mesmo, Soninha?

Sônia abaixou a cabeça. Zeza e Paula apoiaram Vera, que continuou no mesmo tom autoritário:

– Paulinha, pegue o livro!

– É isso aí – respondeu Paula, levantando-se e indo até a mesa buscar o livro e os cadernos das quatro.

Quando Paula distribuía os cadernos, Marlene entrou na sala para avisá-la de que iria sair com o marido e o filho.

Logo que a mãe saiu, Paula explicou às colegas que os pais iriam levar Rodrigo, seu irmão mais novo, para a aula de Inglês e depois fariam uma rápida visita a uma família amiga. Em seguida, advertiu as colegas:

– Olha, gente, acho bom começarmos a estudar.

Vera fez que não escutou. Zeza apoiou Paula:

– Vamos estudar – e virando-se para Sônia: – E você, Soninha, não diz nada. Tá jururu. Tem algum problema?

– Mais ou menos.

– Então diz pra gente – pediu Vera.

– É problema de família.

Sônia mentiu. Não poderia revelar o motivo por que estava triste.

Vera disse:

– Vamos estudar, porque não há outra saída mesmo.

– Ah, que é isso, Verinha? – estranhou Paula. – Ninguém vai perder o ano, né, Zeza?

– É... A gente tem mais é que estudar. Na nossa idade, o negócio é obedecer e ficar de bico calado. Mas tem hora que tenho vontade de mandar tudo pro espaço, a começar pela família.

– Calma, Zeza – pediu Sônia.

Zeza fez que não ouviu e continuou:

– É isso mesmo. Depois, escola pra quê? Outro dia, ouvi uma boa na televisão. Numa entrevista, um cara cheio da grana, lá pelas tantas, disse que tinha ficado rico porque fora expulso do colégio. A entrevistadora fez uma cara de espanto e ele se explicou: "Olha, se eu tivesse estudado seria mais um homem com curso superior desempregado".

– É... mas isso é ele, né? – comentou Vera. – Não é todo mundo que nasce com a bunda virada pra Lua.

Paula mexeu-se na poltrona e aconselhou:

– Olha, gente, vamos deixar o papo pra depois? – Abriu o livro e perguntou: – Onde paramos ontem? – e ela mesma respondeu: – Ah, tá aqui: razões trigonométricas e relações métricas no triângulo retângulo. Se nós...

Foi interrompida por Vera, que desabafou:

– Que saco! Quando o Cidão explicou isso aí, eu não entendi nada.

– E quem entendeu? – indagou Sônia. – Você entendeu, Zeza?

– Eu?! Por que eu iria entender? Estou na mesma de vocês. Acho que a Paula é que manja desse treco.

– Eu?! Detesto Matemática e vocês sabem muito bem disso. Mas não adianta a gente ficar aqui papeando à toa. É bom dar uma olhada pra evitar a encheção de saco da família.

– É isso aí – apoiou Vera.

E finalmente resolveram estudar.

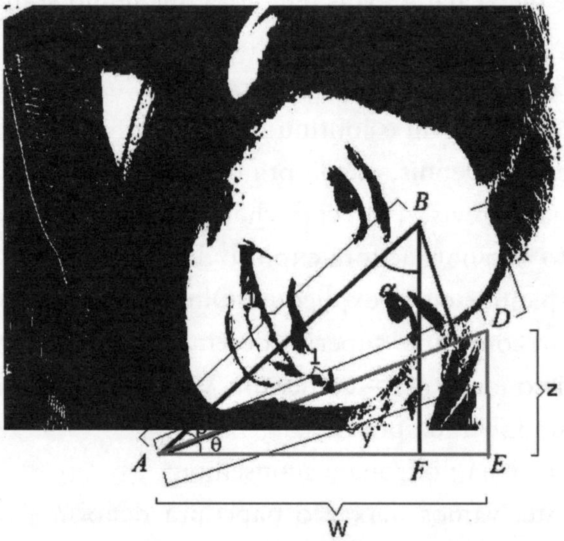

2

Logo que começaram a leitura do capítulo dezessete, Marlene entrou na sala.

– Como é, estão estudando mesmo?

– E como! – apressou-se Vera em responder.

Paula indagou da mãe:

– E dona Mariana e seu Rafael, como estão?

– Eles não estavam em casa. Devem estar bem. Mas não vim aqui para interromper vocês. Podem continuar estudando. Já, já trago alguma coisa para comerem e beberem.

As quatro levantaram o polegar e voltaram aos exercícios de Matemática.

Quinze minutos depois, Marlene voltou à sala e chamou a filha:

– Paulinha, ajuda aqui. Vá à copa e pegue a outra bandeja com refrigerante.

Paula foi buscar a bandeja, trouxe-a, colocou-a na mesinha e quando a mãe deixava a sala, ordenou:

– Turma... atacar!

– É pra já, uau! – gritou Vera, ajoelhando-se diante da mesinha.

Começaram a comer, a beber e a falar mal da vida alheia, principalmente Vera e Zeza.

A certa altura, Paula pegou o livro e começou a folheá-lo. Vera notou que ela parecia contrariada e perguntou:

– Eu falei alguma coisa que não devia, Paulinha?

– Você não falou. Nós falamos. Vocês não acham que já fizemos mexericos demais?

Zeza tomou um gole de refrigerante e deu sua opinião:

– Ah, Paulinha, eu acho que todo mundo fala de todo mundo. Até que é bom pra relaxar um pouco.

– Mas se isto fosse uma história, o autor podia tirar a gente dela.

– Ué, o que você está falando? – estranhou Vera.

– Nada. Estava me lembrando de um conto que tinha um trecho gozado sobre esse negócio de falar mal dos outros.

– E como era? – quis saber Sônia. – Conta pra gente.

Paula sorriu e começou a contar o trecho do conto:

– Bem, três solteironas estavam numa sala falando mal de todo mundo. De repente, apareceu uma figura estranha. As três morreram de susto. Era um homem alto, magro, de rosto pálido e quase careca. Trajava um terno azul-marinho, camisa e gravata bordô. Ele olhou bem para cada uma delas e as acalmou: "Fiquem tranquilas, prendadas donzelas, pois venho em missão de paz". As três pensaram que devia ser um espírito. Por que não? Quem não acredita em alma de outro mundo? A maioria das pessoas crê que os mortos não morrem. Então, uma delas, com muito esforço, conseguiu abrir a boca e perguntou-lhe o que o trazia ali. O homem respondeu: "Sou o autor da história e vim avisá-las de que, se não pararem de fazer mexericos, tiro as três da história". Elas não se preocuparam: "Se sairmos da sua história, entraremos numa de outro autor". Aí ele levantou o braço, balançando o dedo indicador: "Se soubessem o que lhes reservo no final da história, pensariam de modo bem diferente". Elas ficaram ansiosas: "Mas o que o senhor nos reserva no final da história?". Ele segredou: "Um homem para cada uma". As três arregalaram os olhos e prometeram não falar mal de mais ninguém, mas que, pelo amor de Deus, não mudasse o final da história. Ele garantiu isso e desapareceu num passe de mágica, tal como chegara.

As quatro riram e concluíram que era melhor se deixassem de lado os fuxicos e voltassem à Matemática.

– Só que também estou achando que já estudamos demais nesta semana – disse Vera.

– É isso aí – acrescentou Zeza. – Vai ver que foi nosso inconsciente que mandou a gente parar. Por que não escutar um pouco de música? Paulinha, o que você tem aí pra gente ouvir?

– É aí que minha mãe me mata – retrucou Paula.

– Que tal parar por aqui? – sugeriu Sônia. – Eu não tô bem pra estudar.

Paula estrilou:

– É cedo, gente. Você não acha, Verinha?

– Não sei não... Logo que você terminou aquela história das solteironas, pensei: que tal, em vez de ficarmos falando dos outros, falarmos de nós mesmas?

– De nós?! – estranhou Zeza.

– Falar o quê? – perguntou Sônia.

Vera se explicou:

– É um jeito de relaxar. Nesta altura, acho que já mandamos a Matemática pro espaço, ou não?

As colegas sorriram, dando a entender que concordavam.

– Então, vamos começar – continuou Vera. – Paulinha é a primeira a falar.

– Eu?!

– Claro, você é a dona da casa. Vai me dizer que não tem segredinhos pra contar?

– É... tenho, mas quem não tem?

– Talvez os mortos – brincou Zeza.

– Tá bom – finalmente concordou Paula. – Vou falar.

3

A família de Paula tinha vindo de São Paulo para Itu no início do ano. O pai era químico industrial e especialista na industrialização de alumínio. Viera para dirigir uma firma que fabricava frisos de automóveis. Ele tinha comprado a casa em que moravam num elegante bairro e estava pensando em passar a sócio da empresa. Era um homem magro, alto, moreno e de fala mansa. Vivia repetindo que seu principal objetivo na vida era dar aos filhos o que nunca pudera ter.

A mãe, Marlene, pensava como o marido em quase tudo. Era professora, mas deixara o magistério para, segundo ela, educar melhor os filhos. Era alta, magra e tinha gestos bem refinados.

Quando Paula fez cinco anos, Marlene decidiu que ela deveria estudar piano. A menina se rebelou a isso. Preferia brincar com suas bonecas e amiguinhas da pré-escola, assistir a desenhos na televisão, nadar no clube... Enfim, queria ser criança. Mas a mãe insistiu tanto, que Paula não pôde resistir.

Logo que começou a ter as primeiras aulas com uma professora particular, Paula ganhou um piano do pai.

– Puxa, meu pai nem percebeu que estava me forçando a ser escrava do piano – queixou-se Paula.

– Mas comentam por aí que você nasceu pra ser pianista – disse Zeza.

– Então toca pra gente – pediu Sônia.

– Não, hoje não – recusou-se Paula. – E já que comecei a falar de mim, estou com vontade de pôr pra fora muita coisa que trago bem no fundo de minha alma.

E começou sua confissão.

Na verdade, seus pais, por trás de seu excessivo zelo, eram castradores. Não lhe permitiam voar sozinha e tinham-lhe estabelecido um espaço de vida muito limitado. Sentia-se sufocada e sem ânimo para mudar seu tipo de vida. Gostava dos pais, mas não se conformava com a superproteção deles e com sua própria sujeição. Submissa e polida, era o reflexo dos desejos, aspirações e sonhos não realizados dos pais. Sua vida se resumia em estudar piano, ir à escola, ao conservatório em Salto, e aonde os pais fossem. Na sua idade, ainda não namorara e tinha inveja das colegas quando contavam suas paqueras e seus casos amorosos. E o pior é que suas amigas pensavam que ela fosse feliz por causa da boa situação social da família. Quantas vezes não pensara em dizer que todas estavam enganadas, que ela não conhecia quase nada do mundo e que se sentia infeliz, porque todos seus desejos e sentimentos tinham sido reprimidos.

– Você devia conversar com seus pais – sugeriu Vera.

– Como, se eles não dão nem chance?! Eles só pensam neles mesmos, apesar de dizerem a todos os amigos que vivem pra mim e pro Rodrigo. Bem que gostaria que me dessem oportunidade para lhes dizer tudo o que penso e sinto de verdade.

Realmente, não lhe davam oportunidade alguma para se abrir. Faziam tudo por ela, sem a consultarem, e amavelmente exigiam que tivesse as mesmas ideias deles.

Sônia a interrompeu:

– Olhe, Paulinha, eu sempre pensei que você se sentisse feliz por ter tudo do bom e do melhor. Quando você entrou na nossa classe, no começo do ano, eu achei que você fosse uma pessoa orgulhosa. Claro, depois vi que não era nada disso, que você era bem simples. Mas ser infeliz...

– Talvez eu fosse mesmo orgulhosa – prosseguiu Paula. – O que acontece é que construí em torno de mim uma armadura para me proteger. Sempre tive medo de que alguém se aproximasse de mim e me forçasse a dizer o que pensava de minha vida.

– E como é que agora você está se abrindo? – indagou-lhe Zeza.

– É que há um momento certo para tudo. Deve ser porque ando muito ansiosa e não estou conseguindo mais me controlar. Eu...

E Paula começou a narrar o que talvez fosse o outro motivo de sua ansiedade.

Em agosto, soubera pela mãe que, além das aulas no conservatório, teria mais duas por semana com um professor particular. Ela estranhou a decisão da mãe e reclamou porque não tinha sido consultada. Marlene lhe respondeu que queria vê-la uma concertista, e o rapaz que lhe haviam indicado era um ótimo pianista. Paula não queria ter essas aulas, porque não ia bem no colégio e estava cansada de estudar piano. A mãe reclamou que lhe fazia um grande favor e ela ainda achava ruim. Paula não soube como se defender e dobrou-se a mais esse capricho de Marlene.

O professor, de fato, era ótimo pianista, além de muito bonito. Era alto, com longos cabelos loiros e olhos azuis. E quando Paula disse que o nome dele era Rôni, Vera soltou um risinho.

– Por que você riu? – perguntou-lhe Paula.

Vera mentiu:

– Não é nada. Lembrei-me de um namorado que tive. Ele também tinha olhos azuis e longos cabelos loiros, até entrar no quartel. Mas Paulinha, houve alguma coisa entre você e o Rôni? Do jeito que você falou dele...

– Mais ou menos.

– Como assim?

4

Logo que começou a ter aulas com Rôni, Paula percebeu que estava gostando dele. Achava-o charmoso, amável e paciente até demais quando ela não tocava uma ou outra passagem como ele queria.

Um dia, ela perguntou se ele era afetuoso assim com todas as suas alunas. Ele respondeu que ela merecia tratamento especial porque era dócil e humilde, e que ele não era nada daquilo que ela estava pensando. Quando tocava num conjunto de São Paulo, era um cavalo. Ela sorriu e disse que não acreditava. Ele pegou as mãos dela e as colocou sobre o teclado, ordenando: "Voltemos ao Bach".

Rôni era Ronaldo. Estava com 20 anos, morava em São Paulo, dava algumas aulas em Itu e já tocara em várias bandas. Era um meio de conseguir dinheiro para pagar seu aperfeiçoamento com uma renomada pianista. Mas, como era um temperamental, acabara por brigar com os companheiros e passara a dar aulas particulares de piano e órgão.

Aos poucos, Paula foi se apaixonando por Rôni, mas não contava a ninguém o que sentia pelo seu professor. Ao lado dele, olhava mais para seu rosto que para o teclado ou a partitura. E quando a aula terminava e ele ia embora, era com se o dia tivesse acabado. Ela ia para seu quarto e ficava imaginando como poderia lhe dizer que o amava. Então, abraçava o travesseiro e o beijava.

Na semana passada, ela tivera coragem de dizer o que sentia por ele e de perguntar se ele não sentia atração por ela.

– E ele? – indagou Vera.

– Ele respondeu que era meu professor, que não podia trair a confiança de minha mãe, e que isso era comum acontecer e sei lá mais o quê.

– E você? – quis saber Zeza.

– Fiquei irada! Depois me acalmei e disse que compreendia muito bem o que estava por trás de suas palavras. É que ele não sentia nada por mim. Ele ficou com o rosto vermelho, perdeu o jeito e deu uma risadinha de tonto. Fiquei com mais raiva ainda e quis saber se ele achava que eu era uma criança. Ele respondeu que não era isso, que em outra ocasião discutiria o assunto comigo. Percebi que Rôni não estava querendo me decepcionar. Pensei: esse cara tem uma namorada em São Paulo. Aí comecei a martelar o piano e ele encerrou a aula.

Vera esticou as pernas e perguntou a Paula:

– Você acha mesmo que ele tem uma namorada?

– Só pode ser, né, Verinha? Poxa, só faltou eu sentar no colo dele e ele nem reagiu! Parecia uma estátua! O pior é que é um gato que vou te contar...

Vera não conseguiu manter a língua presa:

– Sabe, Paulinha, quando disse a você que tive um namorado parecido com ele, menti. E eu não ia dizer a verdade, mas vendo que você está caída por ele, acho que devo abrir seus olhos.

– Abrir meus olhos?!

– É. Ele é gay.

Zeza e Sônia abaixaram a cabeça. Paula arregalou os olhos e abriu a boca. Vera repetiu:

– Ele é gay, Paulinha.

– Não acredito.

– Não está mais aqui quem falou – prosseguiu Vera. – Experimente dar uma sondada.

Paula ergueu a cabeça, ficou com os olhos fixos no metrônomo que estava sobre o piano e pensou: "Não é possível! Que decepção!".

Zeza e Sônia trocaram o olhar, como a se dizerem que Vera fora precipitada, não era preciso dizer o que dissera, pois com o tempo Paula descobriria por si mesma a verdade.

– Mas será verdade mesmo? – balbuciou Paula.

Vera apressou-se em responder:

– Sabe, Paulinha, eu disse isso do Rôni, mas pelo amor de Deus não vá falar que fui eu quem contou, hem?

Paula fez "não" com a cabeça, e Vera continuou:

– É que fiquei com dó de você. Já pensou você realmente se apaixonar por um cara e só depois de muito tempo descobrir que ele é gay? Já pensou na desilusão que teria?

– É... talvez você tenha razão.

– Você vai ver só a desculpa que ele vai dar a você.

– Puxa, Verinha, como é que você soube disso?

– Um dia em que fui pra São Paulo, ele estava no ônibus. Quando desceu na rodoviária, tinha um cara esperando por ele. Era um cara bacana, moreno, alto e forte, parecia um atleta. Eles se abraçaram e saíram de braços dados. Fiquei olhando e pensei: "Puxa, a concorrência está aumentando".

Paula meneou a cabeça negativamente, demonstrando seu desapontamento.

Zeza tentou consolá-la:

– Não se preocupe, Paulinha. Todo mundo tem problemas e a maioria bem piores que esse seu. Isso você esquece logo.

– É verdade – concordou Paula, que concluiu: – Até que foi bom, pois me dedicarei mais ao piano. E depois tem o Dudu dando mole. Pena que ele seja meio chato.

– Pô, Paulinha! – estrilou Sônia. – Você tá louca pra namorar porque não sabe o que é o amor.

– Eu?!

– É. O amor é gostoso, mas corrói o coração.

– Hum... que trágico – brincou Vera alisando seus cabelos ruivos.

– Não é bem isso – Sônia começou a se explicar. – É que quem não namora pensa que namorar é só ter alegria, estar sempre numa boa. Não é bem assim. Você não concorda, Verinha?

Vera limitou-se a sorrir. A conversa não mais a interessava, porque o lado sádico de sua personalidade gozava com a infelicidade de Paula.

5

O principal problema de Vera era o seu relacionamento com os pais, principalmente com a mãe.

Seus pais tinham uma lojinha perto do mercado e viviam mais preocupados com os filhos Sérgio e Celso, um cursando Engenharia em São Paulo e outro Agronomia em Pinhal.

João, o pai, era grosseiro, e não se incomodava muito com ela. A mãe, Rute, era amável com os outros e rude com ela.

Rute tivera uma juventude complicada. Seus pais a prendiam demais em casa e quando se casou não tinha nem ideia de como era a vida de casada. Para Vera, isso era a principal fonte da agressividade da mãe. A felicidade alheia doía-lhe muito, mas ela era incapaz de entender o porquê disso. Acreditava que seu azedume diário era produto das dificuldades econômicas que enfrentava na loja.

Num sábado, quando Vera saía para ir ao Ituano Clube encontrar-se com as amigas e com Ricardo, o namorado, a mãe aconselhou-a, por três vezes seguidas, para que tivesse juízo. Vera não se conteve e respondeu-lhe que sabia muito bem o que fazia, que a mãe era uma frustrada e que devia cuidar melhor de sua vida. "A senhora vive me cobrando, mas o que me deu até hoje?! Estou cheia até o pescoço desta casa!" E após o desabafo, bateu a porta e saiu jurando que não perderia mais tempo discutindo com a mãe.

Vera nem parecia filha de seu João e dona Rute. Eles eram conservadores e ela, liberal; eles eram religiosos e ela estava numa fase de negação de muitas de suas crenças; eles queriam que ela continuasse estudando para, depois, ser professora, mas Vera já tinha decidido que faria enfermagem.

E sobre o namoro, quanto mais a mãe insistia para que ela não se envolvesse com os rapazes – "A maioria hoje é de malandros", sempre repetia – mais Vera os procurava. Até que encontrou Ricardo, filho de um ceramista.

Ricardo era um rapaz troncudo, de altura média, com a cabeça em forma de cubo e cabelos curtos. Era um jovem independente e tratado em casa como aquele que deve suceder o pai na indústria quando este se aposentar. Ao completar 18 anos, ganhou um carro novo e a partir de então sua principal preocupação era se divertir com as garotas. Até que começou a sair com Vera. Então percebeu que ela era a menina ideal, embora um pouco dominadora. "Mas eu te domo, ruivinha", ele dissera a Vera logo que começaram a sair. No entanto, depois que o namoro ficou mais sério, ela é que o domou.

Vera contava particularidades de seu relacionamento com Ricardo, quando Sônia a interrompeu:

– Poxa, Verinha, você não teve nenhum problema com o Ricardo?

– Eu?! Ah, minha amiga, logo de cara botei um freio nele. Nós, mulheres, temos a principal arma para fazer isso. Se os homens quiserem o melhor da vida, têm que nos obedecer. É pena que a maioria das mulheres não entenda isso.

Zeza, que se julgava feinha por ser magra e ter o nariz um pouco longo, ficou olhando demoradamente para Vera e pensou: "Ah, se eu fosse assim...". Depois comentou:

– Olha, Verinha, você não deve se preocupar com sua mãe, porque você já tem tudo. Só de poder namorar já é uma boa.

– Ué! Você não pode?

6

Poder namorar Maria José – Zeza – podia, mas não conseguia encontrar alguém que gostasse dela para ir além de uma simples amizade. Nunca namorara e achava que esse era o seu grande problema.

O pai, seu Alceu, era bancário e a mãe, dona Inês, professora. Todos eram excessivamente autoritários e a tratavam do mesmo modo que tratavam os dois filhos menores, dando ordens e fazendo ameaças. Talvez por isso tivesse alguns dos traços de personalidade dos pais. Dominadora, afastava quem se aproximasse dela. Na escola, vivia discordando dos professores e deixava evidente que não aceitava os valores da sociedade. Rebelde e inquieta, era, no entanto, incapaz de dizer o que realmente queria da vida. Não fazia ideia do que um dia poderia ser nem que tipo de rapaz gostaria de ter como namorado. Vivia se queixando da vida e dizendo que atravessava um momento de crise.

– E agora, como está? – Paula perguntou.

– Na pior. Você não vê que estou roendo as unhas? Antes de sair de casa, quebrei o maior pau com o velho. Nunca vi um cara mais quadrado do que ele! Sabem o que ele me disse quando avisei que vinha estudar com vocês? Disse que era bom mesmo eu terminar o 9º ano e arranjar um emprego.

– E o que você respondeu? – perguntou Vera.

– Respondi que aceitava o desafio, que ia terminar o 9º ano e iria mesmo trabalhar, mas não ser bancária como ele. O que eu podia falar?

– Só isso mesmo – respondeu Sônia, que acrescentou: – Os pais pensam que a gente é escrava deles. Deviam saber que nós pertencemos mais à humanidade que a eles. E a sua mãe, o que falou?

– Ela?! Minha mãe não pensa por si. Sabe, gente, ela só repete o que meu pai diz. Acho que, como professora, devia ter a mente mais aberta. Mas não tem. E todo mundo pensa que ela é uma grande professora...

Vera a interrompeu:

– É o que dizem, mas todo mundo sabe que a maioria das pessoas é uma coisa em casa e outra fora. A gente só conhece a máscara das pessoas. Meus pais também são assim.

– Talvez nossos pais não sejam tão ruins como pensamos – disse Paula. – Eles apenas não nos entendem. Li, não sei onde, que a melhor maneira de uma pessoa ser grande é fazer-se entender pelos pequenos. Bem que eles podiam tentar ouvir mais a gente.

Zeza concordou e virando-se para Sônia perguntou:

– E você, Soninha, tem desses problemas?

– Eu?! Chiiii... Estou cheia de problemas e vivo lutando comigo mesma.

– Mas isso é bom – disse Vera. – É sinal de que você está viva.

– Claro! – ajuntou Paula. – Quando uma pessoa luta consigo mesma é sinal de que vale alguma coisa. – Levantou-se e avisou as amigas: – Vou buscar mais refrigerante. E se quiserem usar o lavabo, não façam cerimônia.

Quando Paula deixou a sala, Vera comentou:

– Paulinha é um amor, vocês não acham? – As colegas balançaram a cabeça concordando, e ela continuou: – O que ela já leu, vou te contar... E como pode uma garota dessas não ter um namorado?

Zeza e Sônia deram de ombros, como a dizerem "sei lá". Paula voltou com a bebida e a mãe, que foi logo perguntando a Vera, Zeza e Sônia:

– Como é, dá pra tirarem nota amanhã?

As três responderam numa só voz:

– Se Deus quiser!

– Então comam e bebam. Se precisarem de mais alguma coisa é só me chamar – e saiu.

Paula sentou-se e indagou a Sônia:

– Então, Soninha, não vai desembuchar?

– Eu?!

– Claro que é você. Pensa que nós não notamos que você está jururu?

– Estou é supernervosa – respondeu Sônia.

– Nervosa?! – estranhou Zeza. – Se eu tivesse o namorado que você tem, vivia sorrindo.

Sônia pensou em dizer logo o que a afligia, mas saiu com desculpa.

– É o meu temperamento.

Ficara com medo de Vera, que era uma terrível bisbilhoteira. Se ela dissesse o motivo de sua preocupação, no dia seguinte Vera daria com a língua nos dentes e meio mundo ficaria a par de seu problema. O certo era nada dizer.

– Então conta pra gente por que você está aflita – pediu-lhe Vera.

– Tá bom – respondeu Sônia com certa indiferença. – Vou ver se dá.

7

O pai de Sônia, Aníbal, era mecânico. Pesava uns cem quilos e tinha uma cabeça grande e quase sem cabelos. A mãe, Teresa, só cuidava da casa. Era alta e magra; tinha os cabelos curtos, os olhos pequenos e o nariz um pouco longo. Marido e mulher eram diferentes fisicamente, mas muito semelhantes em suas atitudes agressivas com relação a Sônia.

Os irmãos, Décio e Rubens, pareciam-se mais com a mãe e trabalhavam num escritório de contabilidade. Quando conversavam com Sônia, era para lhe dizer que fosse boazinha e que ajudasse a mãe, pois, afinal de contas, só estudava.

Sônia cresceu vendo os pais discutirem, e quanto mais Aníbal agredia Teresa, mais ela se tornava dominadora em relação à filha. Esta, incapaz de se relacionar com os pais e irmãos, foi se isolando cada vez mais. Ao entrar na adolescência, via-se como uma jovem insegura, fechada em seu próprio mundo e incapaz de definir o que queria da vida.

– Mas isso tudo você supera – disse Vera.

Paula concordou com Vera:

– Se você conhece seus problemas, está a meio caminho de resolvê-los.

– Acho que não – discordou Sônia. – Estou é numa encruzilhada.

– Como assim? – perguntou Zeza.

– Não sei se estudo de dia ou se arrumo um emprego e estudo à noite. Estou cansada de ser tratada em minha casa como se fosse uma parasita.

Vera procurou tranquilizá-la:

– Ah, Soninha, a solução é simples. Arruma um emprego qualquer e aos poucos você irá se libertando de seus pais. E Fernando, o que ele diz?

– Nada. Quando estou com ele, falo o mínimo possível de minha família. Pra quê, né? Vai resolver alguma coisa?

Realmente não resolveria. A solução dependia apenas dela. Já tinha descoberto que as experiências dos outros podem ajudar um pouco, mas a solução de nossos problemas depende quase exclusivamente de nós mesmos. E isto lhe parecia muito difícil, pois sempre se sentira incapaz de dirigir sua própria vida. Por isso, agora se via como um ser estranho no mundo e, não raro, presa de uma terrível angústia.

– Calma, Soninha, acho que você está exagerando um pouco – disse Zeza. – Você está melhor que eu. Tem um namorado, não está bom? Não devia ficar se queixando da vida.

Sônia tentou explicar-se:

– Sabe, gente, não sei o que acontece comigo. Quando estou com Fernando, sou uma pessoa e, longe dele, outra. Tem hora que penso que, sem ele, seria melhor morrer.

As colegas simularam uma expressão de espanto e Zeza troçou:

– Fala mais, Soninha. Já tô ficando com água na boca.

– O amor faz dessas coisas – emendou Vera. – Quando estou com Rik, me sinto do mesmo jeito.

Paula olhou para Zeza e disse em tom de brincadeira:

– É, Zeza, o negócio é sair por aí e agarrar o primeiro que aparecer. Pelo visto, a juventude só tem sentido quando se tem um namorado.

– Que não seja gay – emendou Vera entre risos.

– É isso aí – concordou Paula. E virando-se para Sônia, comentou: – Tá vendo só, Soninha, como não há motivo para você estar triste e preocupada? Quem tem um namorado está a meio caminho de resolver seus problemas.

Quando Sônia ia responder, Vera consultou seu relógio de pulso, levantou-se e exclamou:

– Nossa!... Já é tarde. Vamos embora, gente?

Paula ergueu-se da poltrona, segurou o braço de Vera e a fez sentar-se, dizendo:

– Fique quietinha. – E virando-se para Zeza e Sônia: – Fiquem mais um pouco. Vocês não acham que, antes de irem, nós quatro deveríamos pedir perdão a Deus?

– Perdão, por quê? – contestou Vera.

– Por algumas possíveis injúrias.

– Ah, Paulinha! – continuou Vera. – Nossos pais e irmãos também falam mal de nós.

– Mas tanto quanto falamos deles? O que você acha, Soninha?

– Sei lá. E que importância tem isso?

– É verdade – apoiou-a Zeza. – E depois – continuou –, todo mundo diz que, passando dos vinte anos, os filhos só falam bem dos pais. Um dia a gente se reúne pra elogiar os velhos, tá?

– É... pode ser – disse Vera, levantando-se. – Vamos?

Paula, Zeza e Sônia se ergueram. Em seguida, Paula pediu a elas que esperassem um pouco. Iria ver se o pai podia levá-las.

Arnaldo e Marlene entraram na sala e ele avisou às garotas que o carro estava na rua. D. Marlene, sorridente, agradeceu às amigas da filha:

– Muito obrigada, mesmo. Se vocês não tivessem vindo, dificilmente Paulinha estudaria tanto. E se tirarem boas notas, terão uma festinha no dia 23.

– Por que dia 23, dona Marlene? – perguntou Vera.

– É o dia do aniversário de Paulinha. Ela não falou nada?

– Não – responderam as três, e Vera completou: – Ela é muito modesta.

– Vocês virão? – quis saber Paula.

– Claro, né, Paulinha?! – respondeu Zeza.

Abraçaram-se e se despediram com dois beijos no rosto.

8

Sônia deitou-se, começou a recordar trechos da conversa na casa de Paula e refletiu: "Será que Paulinha não tinha razão? Falamos muito mal de nossos pais. Mas a quem podemos hostilizar? Aos que estão mais próximos, é claro. Mas só porque estão mais próximos? Não. É porque eles nos dizem que nos amam, mas não deixam nossas asas crescerem. Porém, elas crescerão um dia e voaremos sozinhas. Sozinhas, não, pois ninguém vive sozinho neste mundo. Com uma pessoa amada, alguém que pense e sinta como nós. E, ao deixarmos o ninho de nossos pais, faremos como os pássaros quando se libertam dos que os criaram: levaremos conosco só os bons ensinamentos. E então continuaremos a vida".

Abriu a gaveta do criado-mudo, tirou o retrato de Fernando e lembrou-se das palavras de Zeza: "Se eu tivesse o namorado que você tem, viveria sorrindo".

Era justamente por causa de Fernando que não sorria. Não, dele não. Do amor.

Fernando era um rapaz alto, moreno e de cabelos encaracolados. Filho de um comerciante do centro da cidade, terminara o Ensino Médio.

Ele e Sônia se conheciam há muito tempo, mas fazia apenas três meses que estavam namorando, quando, num sábado à tarde, ele passou com a caminhonete do pai pela casa dela para irem à piscina da Associação Atlética Ituana.

Quando estavam saindo, Fernando disse a Sônia que, primeiro, precisava ir até à chácara de seu pai levar uns sacos de ração para os porcos.

– Então vamos logo – disse ela, olhando para o céu. – Não há nuvens. O dia está gostoso pra nadar.

– E pra amar, não? – perguntou Fernando, dando uma piscada e um risinho malicioso.

– Também – respondeu laconicamente Sônia, meio aborrecida.

Chegaram à chácara.

Fernando logo notou que o empregado que tomava conta da chácara tinha saído com a família e a casa estava com a porta e a janela fechadas.

Ele descarregou os sacos de ração e disse a Sônia que descesse da caminhonete.

– Venha, Soninha, vamos tomar alguma coisa, porque este calor tá de morte.

Fernando abriu a porta da casa de descanso dos pais e foi ao banheiro lavar as mãos, enquanto sugeria a Sônia que se sentasse no sofá da sala.

Ele voltou, abriu a geladeira, tirou um refrigerante e comentou:

– Puxa, que calor! Faz um tempão que não tem um calor desses. Quer um copo?

Ela respondeu "sim" com a cabeça e ele abriu o refrigerante. Quando entregava o copo a Sônia, notou que ela o olhava com certo receio. Sorriu e disse:

– O que é que você está pensando?

– Nada – respondeu Sônia, secamente.

Fernando tomou um gole e colocou o copo na mesa. Aproximou-se mais da namorada e disse:

– Sabe que você é a garota mais bonita do mundo? – Tomou-lhe o copo e o colocou sobre a mesa. Ela sorriu meio encabulada. E ia dizer alguma coisa, quando ele a enlaçou, beijou-a e começou a acariciar seu corpo.

– Não, Fernando – e ela o empurrou.

– Não por quê?

– É que só nós dois aqui... Não, não fica bem.

– E daí? Qual é, Soninha? Você não tem confiança em mim?

– Tenho, mas...

Ele tornou a envolvê-la em seus braços, beijou-a ternamente e tentou levá-la para o quarto. Ela hesitou, mas ele continuou acariciando-a e ela sentiu que não podia resistir. Mesmo assim, tentou desvencilhar-se dele, que a foi puxando pelo braço, até chegarem à cama.

Sentaram-se e imediatamente ele começou a beijá-la no rosto e no pescoço. Sônia sentiu que já não era capaz de se dominar, mas mesmo assim suplicou a Fernando que parasse. Ele não a ouvia.

– Não, Fernando! Não está certo.

Ele não respondeu. Apalpava seu corpo, beijava-a no rosto e no pescoço e ia desabotoando sua blusa. Ela tentava resistir, mas ao mesmo tempo sentia dentro de si uma força impossível de ser contida. Dobrou-se ao desejo, enlaçou-se ao namorado e fechou os olhos...

– Amor...

Depois ficaram por alguns minutos de mãos dadas, calados, de olhos fechados e respirando profundamente. Ele quis dar um beijo no rosto dela, que se virou.

– Que foi, Soninha?

Ela sentou-se na cama, jogou os cabelos para trás e disse baixinho:

– Estou confusa.

– Não se preocupe, Soninha – e Fernando a beijou.

– É.

Vestiram-se. Enquanto Sônia abotoava a blusa, lamentou-se:

– Você me leva pra casa?

– Mas não vamos à piscina?

– Não. Eu gostaria de ir pra casa e descansar um pouco.

– Tá bom. E à noite, a gente se vê?

– Sim, claro.

E foram abraçados até a caminhonete.

À noite, foram ao cinema. E entre beijos e carícias, Sônia disse a Fernando que estava preocupada.

– E se eu ficar grávida? A gente nem pensou nisso...

– Grávida?!

– Fale baixo.

– Uma vez só, Soninha, seria muito azar. Não esquenta, tá?

– É verdade. Sou mesmo uma boba.

– Não, você é linda. E vai começar a tomar pílulas.

– Mas você acha que tá certo a gente transar?

– Soninha, estamos no século vinte e um. Isso faz parte do amor.

9

A prova foi mais fácil do que elas esperavam e, depois que terminaram, o professor Alcides disse que elas tinham ido bem.

Elas se abraçaram e Paula lembrou as colegas que no dia 23 haveria uma festinha em sua casa. Elas lhe responderam que essas coisas não se esquecem, e se despediram.

Sônia não foi para sua casa, mas para a de Ângela, sua amiga de infância, colega de classe e confidente.

Logo que chegou à casa da amiga, contou que tinha sido aprovada. Ângela deu-lhe um abraço e pediu que entrasse.

– Entra, Soninha, vamos ao meu quarto que eu também quero lhe dar uma boa notícia – e arregalou seus grandes olhos azuis.

– O quê? Conta já.

Enquanto se dirigiam ao quarto, Ângela disse à amiga que tinha voltado a namorar o Estêvão.

– Que bom, Ângela! Mas me diga como foi.

Entraram no quarto, sentaram-se na cama e Ângela começou a contar que se encontrara com Estêvão na noite anterior e que haviam conversado.

– Concluímos que havíamos brigado por bobagens. Você sabe como são essas coisas. Conversamos bastante, numa boa. Foi bom, sabe?

– Mas cuidado, Ângela.

– Cuidado com o quê?

Então explicou-lhe o motivo pelo qual a procurava. Estava aflita, com medo de ter engravidado.

– O quê?!

– É, Ângela, esse é o meu medo. Sabe, a primeira vez... A gente nem se preocupou em usar camisinha...

Ângela se levantou e ficou andando de um lado para outro, até que parou em frente a Sônia e sentenciou:

– Calma, Soninha. Acho que você não deve ficar aflita antes de ter certeza.

– É que a menstruação está atrasada. Já era pra ter vindo.

– Hummm... – e Ângela sentou-se ao lado da amiga.

– Eu pensava que era nervosismo – continuou Sônia –, medo de ir mal na prova, essas coisas... Estou supernervosa, porque tô achando que é gravidez mesmo.

– Você já falou com o Fernando?

– Não.

– Por que não?

– Sei lá. Estou sem saber o que fazer.

– Fique tranquila, Soninha. Você tem que fazer o teste. Pelo menos acaba essa aflição.

– Que teste?

– O de gravidez. Você compra na farmácia.

– Custa caro?

– Não sei. Mas fala com o Fernando. Ele tem que lhe ajudar.

– Que saco!... Bem, acho que vou fazer isso mesmo. Vou falar com ele hoje à tarde.

– Isso mesmo. Você fala com ele e depois me diz como foi.

– Bom, eu vou pra casa.

Levantaram-se e Ângela, jogando para trás seus longos cabelos loiros, fez um pedido à amiga:

– Olha, quero saber de tudo, tá?

– Claro, né? Você é minha melhor amiga.

Quando deixavam o quarto, Matilde, mãe de Ângela, passava pelo corredor. Cumprimentou Sônia, sorrindo:

– Como vai, Soninha?

Antes que Sônia respondesse, Ângela informou à mãe:

– Ela terminou o 9º ano, mãe. Agora vamos ser colegas no Ensino Médio.

– Parabéns, Soninha – e Matilde deu-lhe um tapinha nas costas.

Ângela e Sônia pararam no portãozinho. E quando disse tchau, a amiga pediu que “pelo amor de Deus” não deixasse de informá-la sobre tudo.

– Fique tranquila – respondeu Sônia, com um olhar de preocupação. – Você será a primeira a saber de tudo. E muito obrigada por ter me ouvido. Tchau.

– Tchau.

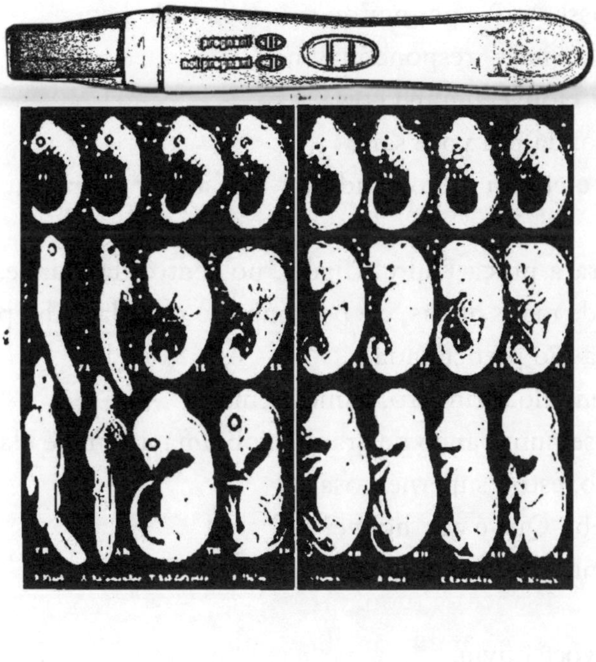

10

Sônia parou em frente à porta da loja de seu Evandro e viu Fernando embrulhando uma calça jeans para uma senhora. Ela lhe fez sinal que precisava falar com ele.

Depois que entregou o pacote à freguesa, Fernando foi ao encontro da namorada. Disse "oi" e perguntou se estava tudo bem.

– Mais ou menos – respondeu Sônia.

– Por quê? Houve alguma coisa?

– Fernando, dá pra você sair?

– Claro – e ele foi até o fundo da loja avisar ao pai que sairia, mas voltaria logo.

Foram para a praça Padre Miguel, no centro da cidade, e, enquanto caminhavam de mãos dadas, ele perguntou o que ela tinha para lhe dizer, por que estava tão preocupada.

– Depois eu falo. Primeiro, vamos sentar.

Sentaram-se num banco de granito sob uma árvore, e ela lhe disse:

– Fernando, estou supernervosa.

– Eu percebi. Que é que houve?

– Tô achando que estou grávida.

– O quê?!

– É o que você ouviu.

– Mas você tem certeza?

– Certeza não tenho, mas a menstruação está atrasada e estou apavorada.

Ele levou as duas mãos à cabeça, fechou os olhos, pensou em dizer alguma coisa, mas Sônia continuou:

– Tenho que fazer um teste pra tirar esta maldita dúvida.

Fernando sentiu um certo alívio:

– Isso mesmo. Você faz o teste. Vai ver que é só cisma. Às vezes...

– Mas nunca atrasou assim.

– Hummmm... Tá bom, você faz o teste, pronto.

– Mas eu não tenho dinheiro.

– Custa caro?

– Sei lá. E também não vou à farmácia.

– Ué, por quê?

– Todo mundo conhece meu pai. Se eu for comprar o teste, depois vai ser aquela falação e ele vai ficar sabendo.

– É... você tem razão. Vou ver o que eu faço. À noite eu passo em sua casa.

– Ótimo.

Despediram-se. Sônia foi para sua casa e Fernando para a farmácia.

Na farmácia, ele perguntou o preço do teste:

– Pô, é caro, Fred! Eu não tenho essa grana. Só se puser na conta do meu pai. Mas teste de gravidez...

Fred pediu a Fernando que se abaixasse um pouco e disse baixinho:

– Você leva o teste e eu ponho na conta como penicilina. Agora, você inventa pro velho que está com alguma infecção.

– Boa, Fred. Eu já sei o que vou dizer.

– O quê?

– Amígdalas inflamadas.

– E pega?

– Pega. Ele cobra até hoje a operação que minha mãe não quis que eu fizesse.

– Mas, espera aí, Fernando. Você diz que tomou penicilina e vitamina B, tá?

– Tá. E obrigado, Fred.

Fernando colocou o pacotinho dentro da camisa e foi para a loja.

À noite, ele mostrou o teste a Sônia e convidou-a para saírem. Ela pegou o pacotinho e respondeu que estava preocupada demais, queria ficar em casa.

– Amanhã a gente sai, Fernando. E como é que se usa esse negócio?

– Já abri e vi que tem um papel com as instruções. É pra fazer o teste com a primeira urina da manhã. Mas você não quer sair mesmo?

– Não. E não repare. Estou sem vontade.

– Então, tchau.

– Tchau.

11

Na manhã do dia seguinte, Sônia levantou-se bem cedo, foi ao banheiro e coletou a urina. Voltou ao quarto, trancou a porta, e ficou com as ideias ziguezagueando em seu cérebro. "Puxa, e se der positivo, o que vou fazer? Burra, você é que é culpada. Por que não pensou que isso poderia acontecer? Pensasse. Todo mundo vai dizer a mesma coisa: não pensou, agora aguente as consequências. Mas pensei, até certo momento. Depois... Não queria, mas Fernando insistiu. E ele? Por que também não se preocupou, por que não usou camisinha? Na hora nem me importei com isso. De repente já estávamos... Cedi porque queria. Por quê? Porque há sentimentos na gente. Num instante, as ideias desapareceram e perdi o controle. É... o amor não é uma coisa racional, não é uma ideia ou palavra. É um fato, um esquecer-se de si mesma."

Teresa bateu à porta e chamou-a:

– Venha tomar café.

Ela não respondeu. A mãe girou a maçaneta, tentou abrir a porta, não conseguiu. Resmungou qualquer coisa e voltou à cozinha.

Sônia pensou em rezar, mas logo em seguida concluiu que não adiantaria. Tirou a foto de Fernando da gaveta do criado-mudo e começou a refletir sobre seu namorado. Gostava dele, mas por quê? Era bonito? Não, não era esse o motivo de seu amor. Ela sentia uma torturante carência afetiva e só ele lhe dava carinho. Ao seu lado, ela estava sempre alegre, feliz mesmo. Segurança, era isso que sempre buscara na vida e só a tinha quando estava em companhia dele. Fernando ouvia suas lamentações com paciência e a compreendia. Quando ela brigava em casa, sabia que ele a faria esquecer tudo. Mas ele seria o mesmo depois que lhe dissesse que realmente estava grávida? Tinha quase certeza de que estava grávida. E seus pais, como reagiriam? Iriam maltratá-la? Talvez a expulsassem de casa. Não, não contaria nada. Descobririam por si mesmos. Ângela podia ajudá-la. Como? E Fernando, qual seria sua reação? Diria que tirasse a criança. E, por que não? Estava perturbada, era natural. Talvez nada acontecesse. Se o teste desse negativo, à noite contaria a Fernando. Eles ririam bastante.

Levantou-se, aproximou-se da mesinha e pensou: “Seja o que Deus quiser”. Colocou o marcador absorvente na urina. Esperou alguns minutos e viu o sinal positivo. Estava grávida. Sentiu as pernas bambas e o ar faltando. Jogou-se na cama, cobriu o rosto com o travesseiro e começou a chorar.

12

Sônia não almoçou. Disse à mãe que estava indisposta, talvez fosse um resfriado incubado.

– Então não arrume a cozinha – ordenou Teresa. – De tarde eu arrumo.

– Deixa, mãe, é até bom. Assim o resfriado desincuba.

Mentira. Na verdade, queria fazer alguma coisa para dissipar a ansiedade. Sentia a cabeça pesada e a mente confusa. Teria que procurar alguém com quem pudesse se abrir. Esse alguém só podia ser Ângela. Isso mesmo. Amiga de infância e confidente, por certo ela poderia orientá-la.

Terminou de arrumar a cozinha e avisou à mãe que ia à casa de Ângela.

– Fazer o quê? – quis saber Teresa.

– Vou buscar um livro emprestado.

– Não demore, que tenho de sair.

– Puxa, mãe, é só eu pensar em sair um pouco que a senhora diz que é para eu voltar logo. E se ela me segurar lá?

– Tá bom, vá... Mas não demore, viu?

– Não vou ser mal-educada de pegar o livro e sair.

– É... ninguém te segura mesmo.

Na casa da amiga, as duas se trancaram no quarto de Ângela e Sônia disse-lhe que o teste dera positivo, que não sabia o que fazer, estava com medo do que poderia lhe acontecer, não fazia ideia da reação de Fernando.

– Ele vai mandar você fazer o aborto – disse Ângela.

– Aborto?!

– Você sabe, Soninha, a turma comenta. É só uma namorada dizer que está grávida, o cara manda ela se virar.

– Poxa, Ângela, eu nunca me preocupei com isso. Sempre tive poucas amigas e em matéria de sexo sempre estive por fora.

– Bom, ele vai mandar você abortar. E daí, Soninha, você vai topar?

– Topar?! Não sei o que fazer. Você acha que devo?

– Olha, taí o tipo de coisa difícil pra gente dar opinião. Se eu falar pra você topar e você se estrepar, como é que eu fico?

– Estrepar?!

– É. Aborto não é brincadeira. Já houve caso de morte aqui.

– Pô, Ângela, você tá me deixando mais nervosa ainda.

– Desculpe-me, Soninha. É que a solução desse caso terá que ser só de você.

– Mas...

– Primeiro, você fala com Fernando. Veja o que ele diz. Depois você decide.

– O que você acha que ele vai dizer?

– Vai ficar puto de raiva, xingar e dizer que você tem que abortar.

– Então eu aborto. Como é que eu vou ter um filho nessa idade? E depois, você sabe o que meus pais farão comigo se eu disser pra eles que estou grávida.

– Não, sua louca! Você não vai dizer nada pra ninguém. Pelo menos por enquanto. Seu pai mata você se disser pra ele. Calma.

– É... eu falo com o Fernando, talvez ele tenha uma solução. Afinal ele também é culpado.

– Me dá um tempo, Soninha. Vou pensar melhor. Quem sabe a gente encontra um meio pra você se livrar dessa encrenca.

– Será que há um meio? Se ele assumir...

– É difícil. A maioria tira o corpo.

– Mas o Fernando...

– Ora, Soninha, vocês estão namorando há pouco tempo. E depois, ele tem só dezoito anos. Vai dizer que é muito novo para isso.

– É... ele não vai querer casar. Então eu não posso ter esse filho. Como é que eu vou criar uma criança? Na minha casa? Você sabe como meus pais são.

– Se ele disser pra você abortar, como você vai se arranjar?

– Hem?

– O dinheiro. Como você vai arranjar dinheiro? Pede um tempo pra ele. Não se precipite. Calma, Soninha.

– Calma?! Ângela, tô que nem uma panela de pressão! E o pior é que é panela sem válvula. Estou pra explodir. Mas será que tem algum remédio que faça abortar?

– Deixe comigo que vejo isso. O Estêvão tem um amigo que trabalha numa farmácia. Ele pode dar umas dicas. Mas não vai fazer besteira, hem?

– Que besteira?

– Enfiar agulha no útero, qualquer coisa.

– Eu?

– É... Tem umas loucas que usam agulha. Enfiam no útero.

– Não vou fazer nada disso.

– Certo. Você fala com Fernando e depois a gente se vê e troca ideias, tá?

– Tá. Eu vou falar com ele.

– Vamos pro centro.

Útero
Ovário
Tuba uterina
Óvulo
Implantação

13

Sônia parou na porta da loja e fez um sinal para Fernando que queria falar com ele. O namorado veio apressado e foi logo perguntando:

– Oi, Soninha, que deu?

– A gente precisa conversar.

– Sei. Mas diga o que deu no teste. Deu positivo?

Ela balançou a cabeça afirmativamente. Fernando ficou pálido, disse baixinho "puta merda!" e começou a coçar a cabeça.

– Vamos a algum lugar que dê pra gente conversar – sugeriu Sônia.

– Tudo bem. A caminhonete tá aqui perto. Pô, mas deu positivo?!

Entraram na caminhonete e Fernando rumou para a chácara do pai.

No trajeto, ele quis saber de Sônia o que ela pensava fazer. Ela respondeu que não tinha ideia alguma e que era melhor discutirem o assunto.

– Discutir? Você vai tirar.

– Lá na chácara a gente conversa.

Chegaram à chácara.

Fernando parou na casa de seu Odorico, que era quem cuidava da propriedade, e o cumprimentou. E vendo que ele reparava em Sônia na cabina, Fernando deu um risinho chocho e disse:

– Vim buscar a TV pra consertar.

O velho sacudiu a cabeça, como a dizer "sim senhor, o que é que eu tenho com isso?".

Fernando estacionou a caminhonete sob uma mangueira, desceu e abriu a porta para Sônia.

– Vamos.

Ela estava pensativa, olhando a casa e recordando-se do dia em que tudo aconteceu.

– Desce, Soninha.

Entraram e, enquanto se sentavam no sofá, Fernando disse em tom agressivo:

– Você tem que tirar!

– Assim?!

– Assim, como?! O que é que você está pensando?!

– Estou confusa e com medo.

Ele refletiu por uns segundos. Depois abraçou-a, beijou-a no rosto e tentou tranquilizá-la, mas no fundo também não se sentia seguro.

– Soninha, a gente tem que resolver logo esse problema. Você precisa cooperar, tá? – disse, um pouco mais calmo.

– A Ângela vai ver pra mim se tem algum remédio.

– Remédio?! Isso não existe. Você tem que tirar. O que eu quero saber é se você topa já.

– Mas onde é que eu tiro?

– Já me informei, em Itu ninguém está mais fazendo aborto. A gente tem que ir pra São Paulo. Tenho um amigo que levou a namorada. Fez num dia e no outro voltou com ela. É coisa rápida.

– Mas ir a São Paulo?

– E daí? Você inventa uma mentira para os seus pais. Ângela não iria com você?

– Não sei. O duro vai ser convencer minha mãe.

Fernando coçou a cabeça e ficou pensativo.

– E depois não tenho dinheiro – prosseguiu Sônia. – É caro?

Fernando deu um risinho e pensou: “Ainda bem que ela está cooperando”. Em seguida respondeu:

– Soninha, eu estava preocupado e procurei me informar, tenho o endereço de um médico em São Paulo que faz por um bom preço.

– E você tem o dinheiro? Eu não tenho.

– Acho um jeito de arrumar. O importante é você me dizer quando a gente pode ir.

– Preciso pensar nisso. Meus pais...

– Você não falou pra ninguém, falou?

– Só pra Ângela. Ela é de confiança.

– Então fica assim: você me diz quando pode ir. Quanto mais depressa a gente sair desse sufoco, melhor.

Sônia abaixou a cabeça. Depois ergueu-a, jogou os cabelos para trás, levou as mãos ao rosto e ficou pensativa.

– O que é que você está pensando?

– Nada.

– Não, diga.

– E se eu não tirar essa criança?

Fernando levantou-se, ficou andando em volta da mesa, balançando a cabeça e coçando o queixo.

– E se eu não abortar? – repetiu Sônia.

– Você tá louca?!

– Não grite.

Ele se sentou no sofá e pegou no braço dela.

– Soninha, você está tramando alguma coisa? – e apertou o pulso dela.

– Não, só fiz uma pergunta.

– Mas não tem sentido! Qual é?! Você é só uma menina. Não tem estrutura pra criar um filho. Nem pense nisso, senão...

– Largue meu braço, Fernando. – Ele o largou, ela continuou: – Só fiz uma pergunta. Preciso saber o que vai acontecer se eu não abortar. Você me chuta?

– Eu?!

– Sabe, Fernando, estou vendo que você só quer se livrar desse problema.

– E você, não quer?

– Quero. Mas também quero estar segura do que vou fazer, pra não me arrepender depois.

– Você tá complicando tudo. Por que, hem?

– Porque sou eu que vou fazer o aborto e não você. É cômodo pra você ficar dizendo o que eu tenho que fazer, mas esse é um momento importante na minha vida. Dá um tempo, Fernando.

– Sei. Tá bom, Soninha. Mas você tem que decidir logo. Nós não temos outra saída. Eu não posso me casar. Tenho que estudar e você também.

Se a gente não partir pro aborto, vamos estragar nossa vida. E chega! Esse papo não leva a nada!

Sônia levantou-se e foi até a janela. Ficou olhando os pardais fazendo algazarra nos galhos da mangueira e no chão um gato correndo de um lado a outro, tentando apanhar um passarinho.

Fernando continuava falando, mas ela não o ouvia. Ele percebeu que falava para as paredes. Então, se aproximou dela, abraçou-a por trás, deu-lhe um beijo na nuca e sussurrou:

– Eu gosto muito de você, Soninha.

Ela se virou. Beijaram-se. Ele começou a acariciá-la, ela se afastou.

– Não, Fernando, vamos embora.

Ele se exasperou:

– Como?! Precisamos decidir quando é que você vai fazer o aborto.

– Acho que depois das festas de fim de ano.

– Acho?! Depois das festas?! Você tá louca?!

– Preciso acertar tudo. Você pensa que vai ser fácil eu inventar uma mentira para os meus pais?

– Olha, Soninha, você não está pensando em pular pra trás, tá?

– Ter o filho?

– É.

– Acho que não. Meus pais me matariam se soubessem que estou grávida.

– Tá bom. Então vou tratar de arrumar o dinheiro e você vai se preparando, combinado?

– Combinado. Agora me leve pra casa.

– E à noite, a gente vai sair?

– Não, Fernando. Vou conversar com Ângela e ver como vou fazer as coisas.

– Escuta, Soninha, você não tá pensando em complicar minha vida, tá?

– Não, apesar de você ter complicado a minha.

– Eu?!

– É. Se a gente... Bem, deixa pra lá. Vamos embora.

– Vamos.

14

À noite, Sônia foi à casa de Ângela.

As duas se trancaram no quarto, sentaram-se na cama e logo Sônia perguntou à amiga o que ela ficara sabendo sobre remédios para aborto. Ângela informou que Estêvão perguntara a um amigo empregado da farmácia e este lhe dissera que não havia remédio algum para abortar. Sônia lamentou-se e passou a resumir a conversa que tivera com Fernando. Expôs-lhe também suas preocupações. Sentia-se insegura e achava que não devia fazer o aborto sem consultar alguém.

– Mas quem? – perguntou Ângela.

– Você.

– Eu?! Corta essa, Soninha. Eu sei desse negócio tanto quanto você. O certo seria você se informar com alguma pessoa que já fez aborto.

– Quem?

– Sei lá.

– Ângela, não conheço ninguém que tenha feito aborto. Aliás, nunca pensei nisso.

– O ideal seria consultar uma pessoa entendida no assunto.

– Não. Eu vou contar meu caso pra outra pessoa e logo todo mundo vai ficar sabendo. Até meus pais. Você sabe como eles são. Se souberem, são capazes de me bater e me expulsar de casa. Aí é que não poderei fazer o aborto. Ficarei marcada. Deus me livre!

Ângela alisou os cabelos, olhou bem para Sônia e sugeriu:

– Que tal você bater um papo com dona Norma? Você sempre gostou dela e ela de você. Ela é professora de Ciências e casada com médico. Quer pessoa mais por dentro do negócio?

– Não, não. Já sei até o que ela vai dizer.

– O quê?

– Não aborte.

– Por quê?

– É casada, tem filhos...

– Soninha, desse jeito você vai chegar ao nono mês sem ter decidido nada! Ou melhor, ter decidido a ter o filho.

– E daí?

– Daí que, se você quiser ter esse filho, o Fernando vai pular fora.

– Mas eu não quero ter um filho. Vai estragar minha vida.

Por um instante, Sônia pensou em seus pais e se viu sendo xingada por eles. O pai, rubro de raiva, os dentes cerrados, querendo agredi-la, e a mãe tentando segurá-lo.

Ângela notou que a amiga estava distante e chamou-a à realidade:

– Soninha.

– Hem?

– Por que você não faz um teste com seus pais? Procure verificar qual é a opinião deles.

– Mas eu não quero ter filho. Já lhe disse, vai estragar minha vida.

– É...

– Ângela, eu tenho medo de fazer o aborto. Tenho medo até de tomar injeção.

– Então procure dona Norma. Acho que ela jamais comentaria o seu caso com alguém.

– É o que vou fazer amanhã. Mas, espere um pouco. E se ela for contra o aborto e amanhã eu vier a abortar, como é que vou ficar com ela?

Ângela deu um soco na cama e desabafou:

– Caramba! Pelo jeito que você coloca as coisas, Soninha, só há duas saídas: ir sozinha por esse mundo afora ou se matar.

Sônia pensou: "Matar-me? Sair por aí sem rumo? Não. Tenho que pensar muito bem as possíveis soluções e suas consequências. Já agi uma vez somente com a emoção e olha o que aconteceu... Não vou me precipitar". Olhou para a amiga e disse:

– Vou pensar bem e amanhã tomo uma decisão.

– Olha, Soninha, você deve falar com dona Norma, se quiser eu vou junto.

– Não, não precisa. Vou pensar bem hoje à noite e não vou mais amolar você.

– Que é isso, Soninha?...

– Você sabe, Ângela, não tenho ambiente em minha casa, sempre me senti muito só e vivo preocupada em não passar para as colegas meus grilos. Então, quando me abro com alguém, fico me punindo e me dizendo: os outros têm os problemas deles e você ainda vai levar os seus pra eles?!

– Não é nada disso. Ninguém pode viver sozinho. Além do mais, depois que voltei com Estêvão, estou numa boa, entende?

– Claro. Tudo bem. Agora tá na hora de eu ir.

– Já?

– Tchau, Ângela.

– Tchau.

Em casa, ao se deitar, Sônia passou a mão no abdome e disse baixinho: "Está vendo como você está bagunçando a minha vida?". Fechou os olhos e tentou dormir.

15

Pela manhã, Sônia saiu do quarto com uma sacola e na cozinha disse à mãe que iria à Associação nadar. Teresa parou de lavar a louça do café e reclamou que a filha não parava em casa.

– Não se preocupe – acalmou-a Sônia. – No ano que vem vou trabalhar e a senhora ficará livre de mim.

– Trabalhar?! – espantou-se a mãe, largando uma caneca na pia.

– É. Durante a noite estive pensando que já é tempo de mudar de vida. Eu não vou continuar sendo uma parasita.

A mãe ficou perplexa.

– Mas quem disse que você é uma parasita?

– O pai não diz sempre que eu não faço nada?

– Ele é assim mesmo.

– Então vou trabalhar e acaba esse falatório.

– E a escola?

Sônia colocou a sacola na mesa e ficou vendo se não esquecera nada.

– E a escola? – repetiu Teresa, fechando a torneira da pia.

– Vou estudar à noite.

– Precisa falar com seu pai. Pra deixar você namorar foi difícil, lembra? Eu por mim não tenho nada contra. Aliás, o que eu tinha que falar, já falei.

– Eu não vou falar com ele, senão acabo brigando. A senhora fala por mim. E é só por falar, porque eu vou estudar à noite mesmo. Tchau. – Pegou a sacola e saiu.

Sônia foi direto à casa de Norma.

A professora devia ter pouco mais de trinta anos. Era um pouco mais alta que Sônia. Tinha os cabelos loiros e curtos, os olhos azuis e óculos com lentes grossas. Geralmente usava blusa solta, calças *jeans* e sapatos sem salto. Quando recebeu Sônia estava de *short*.

Sentaram-se no sofá da sala de estar e a professora logo perguntou a Sônia o motivo pelo qual a procurava. Sônia disse que uma amiga sua engravidara e o namorado queria que abortasse. Ela estava com medo e não sabia o que fazer. Necessitava de uma orientação.

A professora concluiu que a tal amiga era a própria Sônia. Na escola, frequentemente uma jovem lhe pedia opinião sobre seus problemas pessoais dizendo serem de uma amiga.

– E por que sua amiga não veio ela mesma? – perguntou Norma, com o intuito de observar as reações de Sônia.

– Porque... deve ser porque ficou com vergonha. Se ela fosse uma aluna da senhora, talvez não, não sei. A senhora sabe, uma adolescente grávida tem medo de que as pessoas fiquem sabendo e contem a seus pais.

– É verdade, Sônia. Alguns pais reagem violentamente quando a filha adolescente lhes diz que está grávida. Isto é muito comum. As pessoas têm uma moral muito rígida e quando falam é a moral social que fala por elas. São ditadores moralistas. Mas isto não vem ao caso. Você perguntou se há perigo em praticar o aborto, não foi isso?

– Isso mesmo.

Norma ajeitou o cabelo, levou a mão ao queixo, ficou pensativa por uns segundos e começou a falar lentamente, como se pesasse palavra por palavra antes de proferi-las.

– Sônia, o aborto pode ser analisado sob diferentes pontos de vista. Quando você pergunta se há perigo, quer uma opinião do ponto de vista clínico. Se meu marido estivesse aqui, ele poderia lhe dizer muita coisa. O que eu sei é que pode ser uma intervenção perigosa. Em que mês de gravidez ela está?

– Deve ser o segundo.

– Até o terceiro é menos perigoso. Depois o que se faz é uma microcirurgia, isto é, uma pequena operação. Mas sabe, Sônia, o perigo maior é a perfuração do útero e isto pode ocorrer, principalmente se quem fizer o aborto for uma pessoa incompetente. A perfuração provocará hemorragia incessante e infecção. Também pode haver infecção pelo uso de instrumental contaminado e por resíduos do embrião que permanecerem no útero. Há casos em que a mulher fica estéril por causa da infecção.

– Mas muita gente faz aborto, dona Norma.

– É... faz. Só que quem tem dinheiro faz em clínica especializada, com médico competente e com todos os recursos. Sua amiga tem dinheiro?

– Mais ou menos. O namorado quer que ela vá a São Paulo. Ele disse que paga.

– Olha, Sônia, é preciso tomar cuidado para não cair nas mãos de um prático qualquer, um médico frustrado e charlatão ou alguma parteira desonesta. Se acontece isso, a moça pode vir a morrer.

– Morrer? – e Sônia ficou com o rosto pálido.

A professora notou a expressão de medo dela e continuou falando, como se nada tivesse notado.

– Por isso é que existe essa campanha para a legalização do aborto. Os que defendem a legalização argumentam que só assim será possível eliminar os charlatães e as clínicas clandestinas.

– Clandestinas?

– Acontece que o aborto que não seja por estupro ou motivo médico é considerado crime.

Sônia fez menção de se levantar e disse:

– Bem, dona Norma, acho que já tomei muito tempo da senhora.

A professora segurou seu braço, percebeu que ela tremia, e soltou-o.

– Acho – prosseguiu Sônia – que minha amiga vai pensar melhor no assunto depois que eu lhe contar tudo o que a senhora me disse.

Norma meneou a cabeça afirmativamente e perguntou:

– Você está com muita pressa?

– Não, é que estou tomando seu tempo.

– Não se preocupe. A Maria está cuidando do almoço. O importante é que você oriente bem sua amiga. Sabe, Sônia, praticar ou não o aborto é um drama de consciência, e o pior é que a mulher que está grávida tem que decidir por ela mesma.

– Mas o namorado dela está forçando a barra.

– É normal. O rapaz não tem independência econômica e assumir a paternidade implica assumir obrigações com a mulher e o filho. O jovem está na fase de conquista da liberdade e de repente percebe que não a terá por causa do casamento. Mas há muitas coisas envolvidas com o aborto.

– Ter filho é tão ruim assim, dona Norma?

– Não, Sônia. As circunstâncias em que sua amiga poderá ter esse filho é que são ruins. Pode ser que ela não faça o aborto, mas rejeite a criança. Será que ela pensou nisso? Como será criada essa criança?

– Ela é muito nova e acho que está preocupada só com o aborto.

– E será que ela já analisou o assunto do ponto de vista moral?

– Como assim?

– Ela vê o aborto como uma coisa certa ou errada? Vê como um direito dela ou como um crime?

– Não sei, dona Norma.

– Isso é que ela devia definir antes de tudo. Se está em dúvida, mais tarde poderá se recriminar por ter abortado. Terá sentimento de culpa. Ficarão nela o que muitos chamam de cicatrizes psicológicas ou feridas da alma. As religiões nos ensinam, desde quando somos pequenas, que não devemos matar e elas consideram o aborto como um crime. O embrião é considerado um ser humano. A gente cresce, estuda, recebe milhares de informações, mas no inconsciente permanece o que vimos e ouvimos na infância. E como o passado nunca morre, é ele que nos coloca em conflito. Racionalmente, podemos achar que é um direito nosso abortar quando quisermos, mas nossa afetividade nos coloca contra a ideia do aborto. Esse é o drama que sua amiga deve estar vivendo. Ou não?

Sônia fez uma expressão facial e um gesto com as mãos, dando a entender que não tinha a menor ideia a respeito do que a professora dissera. Em seguida, questionou Norma:

– Mas a mulher é dona do seu corpo. Ela não pode fazer o que quiser com ele?

– Pode. Até se matar. O embrião está no útero, mas não pertence ao corpo da mãe. Ele também tem direitos. Os jovens, em parte, não são rebeldes por acharem que quase não têm direitos até os dezoito anos? Se o embrião pudesse defender-se, talvez dissesse que tem seus direitos.

Sônia ficou olhando para a professora, sorriu e disse:

– Dona Norma, a senhora é contra o aborto, não é?

A professora mudou de posição, fez um gesto com as mãos como a dizer "espere um pouco" e respondeu:

– Você acha isso importante?

– É... talvez sim. Ou não?

– Sabe, Sônia, penso que a única coisa que alguém que não está vivendo o problema pode fazer é colocar os prós e os contras. Quem tem que decidir neste caso é sua amiga. E a decisão não é fácil.

– A senhora tem razão.

– É difícil decidir, porque a sociedade é muito contraditória. Muitas famílias são contra o aborto, mas não aceitam em casa a filha adolescente grávida. Também acham que a mulher é a culpada da gravidez e aí começam a julgá-la. Se o namorado disser que se casa, tudo bem. Caso contrário, ela será marginalizada. Mas também a mulher que pratica o aborto é estigmatizada.

– Estigmatizada?

– É. Marcada, censurada, condenada. Quem fica sabendo, logo coloca na testa da moça uma marca. A sociedade é hipócrita. Não dá e cobra. Não dá educação sexual e, quando uma jovem se vê numa situação desse tipo, quer que ela resolva sozinha o problema. E qualquer solução que ela der será condenada. Bem, se eu começar a falar mal da sociedade, nós vamos ficar aqui até amanhã.

Sônia entendeu que Norma dissera tudo que podia dizer e se esforçara por não dar uma opinião pessoal e muito menos um conselho. Levantou-se e agradeceu à professora:

– Muito obrigada pelas informações. A senhora foi tão gentil...

– Não tem de quê – respondeu Norma, levantando-se. – Mas, espere um pouco, vou lhe emprestar uma revista que tem um bom artigo sobre o aborto.

Foi à estante e ficou procurando, numa pilha, uma revista que trazia um longo e substancioso artigo sobre o assunto.

– Ah, está aqui. – Aproximou-se de Sônia e, entregando-lhe a revista, disse: – Sua amiga poderá se orientar muito bem por este artigo.

No portão, ao se despedirem, Sônia deu-lhe um beijo no rosto e disse:

– Sabia que podia contar com a senhora, que foi a minha melhor professora.

– Bondade sua.

– Tchau.

– Boa sorte.

Norma fechou o portão e pensou: "Há um velho ditado que diz: 'A verdade a libertará, mas antes a fará infeliz'. Essa menina não conhece a realidade senão por palavras. A verdade dos fatos a magoará muito, mas por certo a transformará numa mulher adulta".

Entrou e foi ao quarto do filho mais novo, que tentava construir uma casinha com tijolinhos de madeira.

– Renatinho?

Ele se virou.

– Que é, mamãe?

– Dê um abraço na mamãe.

Ela se agachou e ele a beijou. Em seguida, o menino perguntou:

– E o meu presente?

Ela se lembrou que tinha prometido um presente a ele:

– Fique quietinho que mamãe vai buscar o seu presente.

Ela foi ao seu quarto e tirou do guarda-roupa uma caixa de giz de cera. Voltou ao quarto do filho:

– Olha aqui seu presente.

Ele pegou o pacotinho, desembrulhou-o e sorriu.

– Gostou? – perguntou a mãe.

– Gostei. Com esses lápis vou fazer o papai, a mamãe, o Sol e tudo o que eu quiser.

Norma deu-lhe um beijo e foi para a cozinha ver como andava o almoço.

– Precisa de ajuda, Maria? Logo, logo a tropa chega.

A tropa eram os seus outros filhos, Marcelo, Maurício e Mônica, que tinham ido à piscina da Associação.

16

Aníbal e Teresa estavam terminando de almoçar, quando Sônia chegou. Ela disse "oi", sentou-se e perguntou pelos irmãos. A mãe respondeu:

– Já comeram. Eles trabalham e comem no horário.

Sônia entendeu a insinuação, abaixou a cabeça, virou o prato e começou a se servir.

– Aonde você foi? – perguntou Teresa.

– À Associação. Eu não falei pra senhora que ia lá?

– É que seu cabelo está seco. Não nadou?

– Fiquei só tomando sol.

O pai limpou a boca com a mão, pediu à mulher para pôr outro bife em seu prato e, sem olhar para a filha, disse:

– Sua mãe falou que você quer começar a trabalhar no ano que vem. Já pensou no que vai trabalhar?

– Ainda não. Talvez numa loja ou num escritório.

– Escritório é melhor. Você pode ganhar mais.

– Em janeiro eu vejo isso.

– Sei. E por que não procura agora? Em vez de ir à piscina, devia procurar emprego.

– Eu também acho – emendou a mulher. – Pelo menos a gente sabe onde você está.

– A senhora sempre sabe onde eu estou.

O pai terminou de almoçar, empurrou o prato, começou a palitar os dentes e a estudar o semblante da filha. Ela percebeu e começou a comer mais depressa.

– Você está com algum problema? – perguntou Aníbal.

– Não, senhor. Estou um pouco preocupada por causa de um problema de uma amiga da Ângela.

– Que problema? – indagou a mãe.

Com a cabeça baixa, Sônia respondeu:

– Ela está grávida e não sabe o que fazer. O namorado quer que ela se livre da criança e ela tem medo. Se contar para os pais, é capaz de eles expulsarem ela de casa. – Levantou a cabeça, encarou o pai e perguntou: – Se o senhor fosse o pai dela e ela lhe dissesse que estava grávida, o que o senhor faria?

O pai parou de mascar o palito e respondeu:

– Mandaria pro olho da rua. Se teve cabeça pra fazer a besteira, deve ter também pra aguentar as consequências. Ela que trate de casar e viver a sua vida.

Sônia baixou o olhar e disse:

– É por isso que ela está pensando em fazer aborto.

– Aborto?! – exclamou a mãe.

– Ué, por que não? – retrucou Sônia.

Teresa esbugalhou os olhos e respondeu agressivamente:

– Porque é pecado.

– Mas se ela não abortar, a mãe irá ajudá-la?

– Fazer o quê? Pôr na rua como seu pai falou? Mesmo sendo uma sem-vergonha, tem que ser amparada.

– O pai levantou-se e, demonstrando certa irritação, disse:

– Felizmente o problema não é nosso. Então, por que é que a gente vai quebrar a cabeça? Só se preocupa com a vida dos outros quem não tem o que fazer.

Sônia discordou:

– Os problemas dos jovens são problemas dos adultos também.

– Tá bom, vá, não vou discutir – considerou o pai, virando as costas e indo para o banheiro.

Teresa se levantou e enquanto ia para a cozinha, pediu à filha que tirasse a mesa. Sônia fez "sim" com a cabeça e ficou recordando o que Norma dissera sobre a reação violenta de certos pais quando a filha adolescente diz que está grávida. E concluiu: "Não aceitam o aborto, mas consideram a filha grávida uma sem-vergonha. Dá pra entender um negócio desse?".

O pai passou e disse "até logo". Ela respondeu com um "tchau" quase imperceptível, ergueu-se e começou a tirar a mesa.

Daí a pouco, o telefone tocou. Sônia atendeu:

– Alô!

– Soninha?

– Sim.

– É o Fernando.

– Oi!

– Tudo bem?

– Mais ou menos. E com você?

– Tudo bem. Você está a fim de sair à noite pra gente conversar um pouco?

– Tô. Que horas você passa aqui?

– Às oito, tá bom?

– Tá bom.

– Um beijo.

– Outro.

17

Arrumando a cozinha, Sônia recordava-se das palavras de seus pais e não conseguia entender como poderiam ser tão contraditórios. O pai achava que a família tinha que pôr a filha grávida no olho da rua. A mãe tinha opinião contrária. No entanto, os dois julgavam a menina adolescente grávida uma sem-vergonha. “Pais como os meus”, pensou, “até que mereciam ter um problema como esse. Seria uma espécie de castigo e um meio de fazê-los reformular seus conceitos. Mas seriam eles capazes de modificar suas ideias? Provavelmente, não. Poderiam, por piedade, ampará-la e talvez até amassem o neto. Mas isso dependeria da forma como reagiriam aos diz-que-diz-que da vizinhança.”

Terminou de arrumar a cozinha e foi voando para a casa de Ângela.

As duas se trancaram no quarto, sentaram-se na cama e Ângela disse que estava ansiosa por saber o que dona Norma dissera. Sônia contou-lhe que expusera o problema como sendo de uma amiga e resumiu o que a professora dissera. Terminou, lamentando-se:

– Nossa, Ângela, ela falou tanta coisa que eu fiquei mais confusa ainda. Abortar não é fácil como eu pensava. O aborto pode ser perigoso. E também tenho que pensar muito bem para depois não me arrepender.

– Mas você não pode ter um filho! – exclamou Ângela.

– Claro que não. Ainda mais depois do que os meus pais falaram.

Ângela fez uma cara de espanto.

– Você contou pra eles?!

– Você pensa que eu tô louca? Disse que era uma amiga sua.

– Minha?!

– Calma. Disse que você tem uma amiga que está grávida e todo esse negócio. A reação deles foi aquela...

– Eu calculo.

– Ângela, eu não sei o que fazer. Quando o Fernando disse que eu tinha que abortar, nem podia imaginar que tudo isso era tão complicado.

– Olha, Soninha, faça esse aborto e pronto.

– Mas isso é certo?

– Então tenha o filho. Mas o Fernando assumiria a criança?

– Não sei. Ele ligou pra mim e hoje a gente vai conversar.

– Por que você não dá uma sondada? Pergunta se ele assumiria a criança.

– E se ele disser que não?

– Soninha, esse seu caso tá muito complicado, hem?!

– Bota complicado nisso.

– Mas dá uma sondada pra ver. Antigamente os pais da moça forçavam o cara a se casar. Ameaçavam com processo. Mas hoje isso tá fora de moda.

– Tem que tá, né, Ângela? Não adianta nada o cara casar na marra, se ele não gosta da namorada. Casa e depois descasa. O que eu preciso saber é se ele me ama. Eu acho que isso aí é que tá me deixando encucada.

– Vocês não se gostam?

– Eu amo o Fernando.

– E ele?

– Ele diz que gosta de mim. Não sei se me ama.

– Calma, Soninha. Ele também deve estar apavorado por causa dessa sua gravidez.

– Será?

– Pode ter certeza, minha cara amiga. Os dois estão grávidos.

18

À noite, Fernando passou com a caminhonete pela casa de Sônia. Tocou a campainha, ela veio atender.

– Ah, é você.

– Oi.

– Aonde a gente vai? Preciso avisar minha mãe.

– Diga que vamos comer uma pizza. Tá bom?

– Tá.

Sônia entrou, avisou a mãe e voltou correndo.

Na caminhonete, ela quis saber do namorado o que ele andara pensando. Ele disse que não pensara muito, que tinha parte do dinheiro e que o resto arrumaria no máximo até o final do ano.

Sônia contou que conversara com a professora Norma sobre o aborto e pedira a ela um conselho.

– Você contou pra ela que está grávida?! – exclamou Fernando, franzindo a testa.

– Eu não. Disse que era problema de uma amiga.

– E aí ela deu uma de moralista.

– Não foi bem assim. Ela me esclareceu sobre quase tudo.

– Mas você não disse que sua amiga ia abortar, disse?

– Não.

– Ainda bem.

Ela se encostou nele e o beijou na orelha. Ele sorriu e perguntou-lhe:

– Se você quiser, a gente pode dar uma volta...

– Não. Vamos comer uma pizza e conversar. Só depois que resolvermos esse problema é que vou estar legal. Você entende, não?

Ele sacudiu os ombros e respondeu:

– Mais ou menos.

Chegaram à pizzaria.

Escolheram uma mesa num canto e sentaram-se um frente ao outro.

O garçom veio atendê-los. Pediram pizza e refrigerante. E Fernando perguntou ao garçom por que havia pouca gente.

– Ainda é cedo – explicou o rapaz. – É depois das nove que chega a maioria dos fregueses.

– Sorte nossa – comentou Fernando. – Assim podemos conversar à vontade.

Sônia ficou estudando o namorado. O que ele estaria pensando? Será que tinha meditado bem sobre as consequências de um aborto? Não, não tinha. Fernando estava preocupado apenas em se ver livre do filho e nada mais.

O garçom trouxe as bebidas e disse que a pizza não demoraria. Quando deixou a mesa, Fernando virou-se para Sônia e indagou-lhe:

– Sabe, Soninha, preciso saber o dia que a gente vai pra São Paulo.

– É... preciso ver.

– Mas veja logo. Eu ando meio nervoso. Parece até que tô grávido.

– Os homens não têm esse problema.

– Será que não?

Ela sorriu e procurou tranquilizá-lo:

– Fernando, depois das festas a gente vê tudo isso. Eu preciso pensar bem.

– Pensar bem?!

– Fale baixo.

– Pensar bem o quê?

– Estou confusa. Tenho medo de fazer aborto.

– Medo do quê?

– Aborto é coisa séria – e ela começou a contar o que Norma dissera. Quando Sônia terminou, Fernando procurou acalmá-la:

– Soninha, você não vai a qualquer lugar. Já sei de uma clínica legal. Não precisa esquentar por causa disso. Você...

O garçom aproximou-se da mesa, pôs um pedaço de pizza em cada prato e deixou a forma com o resto, dizendo que se precisassem de mais alguma coisa era só chamá-lo.

– Você – continuou Fernando – não precisa temer coisa alguma. Eu sei o que faço.

Ela fixou seus olhos nos dele e indagou:

– E se a gente casasse?

Fernando soltou o garfo e a faca no prato.

– O quê?!

– Não grite.

– O quê?! Você ficou pirada?! Nós não temos idade pra isso.

– Só idade?

– Não. A gente precisa acertar a vida. Eu tenho que estudar, arrumar uma profissão e você também. A gente precisa de dinheiro, entende? E você acha que a gente se conhece bastante pra casar?

– Eu acho que não é preciso se conhecer muito. É só ter amor. Você me ama?

– Eu gosto de você, Soninha. Mas, e daí?

– A gente não podia se casar?

Fernando ficou pálido, franziu a testa, começou a piscar e tomou um gole da bebida. Em seguida, olhou bem para Sônia e perguntou:

– Você não tá falando sério, tá?

– Só fiz uma pergunta.

– A resposta é não, e pronto. Você não tá querendo complicar as coisas, tá?

Ela desviou o olhar e fez que não ouviu. Depois perguntou:

– Fernando, você me ama?

– Já respondi.

– Será que me ama?

– Soninha, o que você tá pensando?!

– É importante eu saber se você me ama.

– Soninha, o que acontece é que uma coisa não tem nada a ver com outra. Você não entende isso?!

– Não grite. Fiz uma pergunta e você ficou irritado. Se você me ama, deve ser amável, não agressivo.

– É que estou cismando que você tá querendo pular fora e me obrigar a casar.

– Não pensei nisso.

– Soninha, vamos com calma. Já lhe disse que gosto de você.

– Tá, tudo bem.

– Então, por que você fala em casar? A gente tinha acertado que você ia tirar essa criança. Qual é?!

– Não tinha acertado coisa nenhuma. Eu disse que ia pensar e que depois das festas do fim de ano ia decidir.

– Não. Você disse que estava tudo combinado.

– Fernando, eu disse que ia me preparar. Foi só isso que combinamos.

Ele a encarou com raiva, coçou o queixo e disse em tom agressivo:

– O que você tá querendo?! Vai pular fora?!

– Depois das festas eu resolvo tudo. Já cheguei à conclusão de que a gente ficar quebrando a cabeça agora não adianta nada.

– Mas me diga uma coisa: por que você não pode marcar já o dia que a gente vai pra São Paulo? Por que esse negócio de depois das festas?

– Nem sei direito. Deve ser porque fim de ano é pra gente ficar feliz.

– Caramba, você tá fazendo um drama que vou te contar...

– Tá bom. Fim de papo. Depois do dia primeiro, a gente acerta isso de uma vez.

Fernando ficou pensativo, olhando as bolhas do refrigerante no copo. Depois deu um sorriso e disse:

– Tem medo que eu vá chutar você depois que fizer o aborto?

– Não pensei nisso. O que eu acho é que você também tem que pensar no lado moral da coisa.

– Que lado moral?

– Você acha certo ou errado uma mulher abortar, só porque não quer ter o filho?

Ele começou a falar e quanto mais falava mais ela notava a confusão de suas ideias. Até que em certo momento o interrompeu:

– Está vendo? Você não tem uma criança na barriga e está confuso. Imagine como eu estou.

– Eu confuso?! Você tá louca!

– Tá na cara, Fernando. Por isso é que lhe disse pra dar um tempo pra gente pensar melhor.

– Tá bom. Mas você não invente história nenhuma. Vai ter que tirar essa criança e ponto. Porque, se você quiser aprontar, vai assumir sozinha.

Ela não respondeu.

Ficaram calados e terminaram de comer a pizza. Então Sônia pediu a ele que a levasse para casa. Ele quis continuar a discutir o problema que os afligia, ela reagiu:

– Não vamos complicar mais as coisas. Dá um tempo, Fernando. Dá um tempo, tá?!

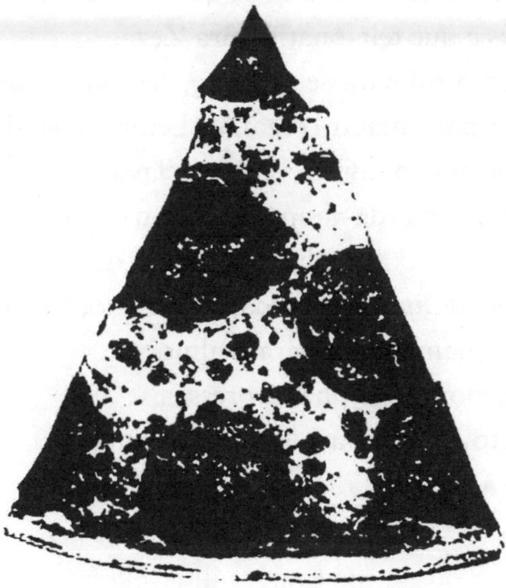

19

No dia 23, logo pela manhã o telefone tocou e Sônia foi atender. Era Paula, que lhe perguntava se não tinha se esquecido da festinha. Sônia respondeu que não e que iria se comunicar com Vera e Zeza para irem juntas.

Logo que pôs o fone no gancho, Sônia discou para Vera para combinar como iriam à casa de Paula. Vera disse que se encontrariam às sete e meia no ponto de ônibus e que telefonaria para Zeza.

Em seguida, Sônia foi para seu quarto, sentou-se na cama e ficou pensando no que fazer para matar o tempo. Lembrou-se de que tinha ganho um livro na festa de amigo invisível de sua classe.

Levantou-se, foi ao guarda-roupa, apanhou o livro e voltou para a cama. Esticou-se e pensou: "Puxa, tenho que parar de pensar nessa gravidez". Abriu *O grande mentecapto*, de Fernando Sabino, e só o fechou quando a mãe bateu à porta, chamando-a para o almoço.

Almoçou e arrumou a cozinha às pressas.

Voltou ao quarto e retomou a leitura do romance.

À tardinha, foi à cozinha, onde a mãe fazia o jantar.

– Mãe.

– Hem?

– Preciso de um dinheiro.

– Pra quê?

– Pra comprar um presente pra Paula.

– Quanto você quer?

– Sei lá.

– O que você vai dar pra ela?

– Um perfume, qualquer coisa.

A contragosto, a mãe lhe deu duas notas. Ela as pegou e pensou: "Caramba, que miséria!".

Saiu e passou o resto da tarde andando pela rua principal.

Quando voltou para casa, os pais estavam jantando. Deu o troco à mãe e disse:

– Custou pouco.

Tomou a sopa sem dizer uma palavra. Depois foi arrumar a cozinha e ficou pensando que devia ter muito cuidado na casa de Paula para não dizer coisa alguma sobre a gravidez. Por certo, Vera iria começar falando da vida alheia e aos poucos cada uma estaria contando seus problemas e segredos. Mas ela teria cuidado. Falaria de seu relacionamento com os pais e do seu namoro com Fernando. Mentiria tanto quanto fosse possível. Talvez nem devesse ir. Mas era tarde. Já tinha dado sua palavra a Paula que não faltaria e combinara com Vera que estaria no ponto do ônibus às sete e meia. Puxa vida, seria tão bom ficar em casa e continuar lendo...

Quando terminou de arrumar a cozinha, aprontou-se correndo e avisou à mãe que iria à casa de Paula e que não viria tarde.

A mãe estava assistindo à novela. Balançou a cabeça e não disse uma palavra sequer.

– Eu não estava muito a fim de ir – explicou-se Sônia. – Mas infelizmente já tinha me comprometido.

– Então volte logo – disse a mãe, sem tirar os olhos da televisão.

– Já disse pra senhora que volto logo. É capaz do pai dela trazer a gente. Não se preocupe. Tchau.

– Tchau.

20

Ao chegarem à casa de Paula, Vera tocou a campainha do interfone.

– Quem é? – era a voz de Marlene.

– Somos nós, dona Marlene – respondeu Vera.

– Ah, sim. Paulinha vai já.

Paula abriu o portão e recebeu os beijos e os presentes das amigas.

– Não precisava... Mas entrem, vamos pra sala.

Vera e Zeza sentaram-se no sofá, Paula e Sônia, nas poltronas.

Paula ia abrindo os pacotes e repetindo: "Não precisava, gente. Não precisava...".

Colocou os presentes sobre o piano: um vidro de perfume, um livro e um CD. E, voltando à poltrona, perguntou:

– Querem ouvir o CD?

– Ah, não – respondeu Vera, que o tinha dado. – Vamos conversar.

– Isso mesmo – concordou Paula. – Eu não convidei mais ninguém, que é pra gente poder conversar mesmo. Bom, também não é uma festa. Minha mãe mandou fazer um bolo e... – Zeza interrompeu-a:

– Já passamos da idade das festinhas.

– E há muito tempo – emendou Sônia.

D. Marlene e seu Arnaldo entraram na sala, cumprimentaram as amigas da filha e agradeceram a presença delas.

– Não é uma festa, sabem? – Marlene procurou explicar. – É só um encontro pra comemorar o aniversário de Paulinha e o final do ano na escola.

– Isso mesmo – apoiou-a o marido. – Vocês merecem os parabéns – e, meio sem jeito, pediu desculpas por ter que sair.

– Ele tem uma reunião na fábrica – informou Marlene, enquanto o marido saía. E, sorridente, avisou que antes ia trazer salgadinhos e refrigerantes. – Tenham um pouquinho de paciência.

Logo que Marlene saiu, Vera disse:

– Vocês se lembram do que fizemos aqui uma semana atrás?

Paula respondeu:

– Falamos mal de todo mundo. Só escaparam Deus e Cristo.

– Não foi bem assim... – continuou Vera. – Falamos dos outros, mas falamos de nós também. E que tal repetirmos a dose?

– É uma boa – opinou Zeza.

Nisto, entrou Marlene com uma bandeja de salgadinhos. Colocou-a na mesinha e avisou que ia buscar os refrigerantes.

– Eu ajudo você – ofereceu-se Paula, saindo com a mãe.

Paula voltou, colocou os refrigerantes na mesinha e começou a encher os copos.

Vera pegou um copo e disse:

– Na semana passada cada uma contou seus problemas. Começamos pela Paulinha e terminamos com a Soninha. Será que alguma coisa mudou na nossa vida?

– A vida da gente muda todo dia – respondeu Sônia.

Zeza discordou:

– A minha nunca muda.

Vera virou-se para Paula e perguntou:

– E o caso com o Rôni, como é que ficou?

Paula ajeitou-se na poltrona e começou a contar o que se passara entre ela e Rôni:

– Disse pra ele esquecer tudo o que eu tinha dito e que estava até com vergonha, porque me comportara como uma criança.

– E ele? – indagou Zeza.

–Notei na hora que ele gostou, porque deu um risinho. Depois falou que, pelo tipo de trabalho dele, não dava certo namorar. Até brincou, disse que músico primeiro tem que amar a música, depois o dinheiro e por último uma mulher, se for uma santa. Aí perguntei se ele estava me gozando. Então ele se explicou. Falou que eu podia ser essa santa, mas que estava ainda muito preso à música. Conclusão: desconversou com classe.

– Melhor pra você – opinou Sônia.

– Sabe, gente – continuou Paula –, cheguei até a pensar em pedir à minha mãe pra mandar o Rôni passear. Depois fiquei em dúvida. Puxa, não havia motivo pra isso. Só porque ele é gay? Peguei umas revistas de minha mãe e procurei em vários sites tudo quanto é artigo sobre homossexualidade. Li e concluí que estava cheia de preconceitos. O problema não estava nele, mas em mim.

– E agora? – perguntou Vera.

– Olha, acho que vou namorar o Dudu. Ele é chato pra caramba, mas vou fazer o quê?

– É isso aí – disse Zeza. – Você e eu temos é que sair à caça dos gatos e já.

Sônia advertiu-as:

– Cuidado, que os gatos arranham.

– E mordem – completou Vera.

– E você, Verinha, como está seu relacionamento com seus pais? – indagou Paula.

– Melhorou um pouco. Eles estão tão preocupados com a loja que não sobra tempo pra se incomodarem comigo. Graças a Deus!

– E de namoro? – quis saber Zeza.

– Tudo bem. Mas tem hora que o Rik me enche. Ele só concorda comigo! Outro dia falei pra ele que estava a fim de fazer enfermagem e sabem o que ele me respondeu?

As amigas fizeram um gesto de que não faziam a menor ideia, ela prosseguiu:

– Respondeu que era problema meu. Fiquei pê da vida e disse: "Pô, Rik, só isso?!". Ele fez uma cara de bobo. Aí ele deu uma de filósofo: "Verinha, pensar é passado e futuro; sentir é presente. Amar é estar no presente. Ontem e amanhã não me interessam". Acho que ele tava pensando em outra coisa e nem me ouviu.

– Que romântico – comentou Paula. – Esse Ricardo é um poeta. E você, o que disse?

– Eu?! Ah, nem lembro o que eu respondi. Deixa pra lá – e virando-se para Zeza: – E você, Zeza?

– Eu o quê?

– Como é que você está?

Zeza coçou a cabeça e respondeu:

– Continuo na mesma. O meu negócio é arrumar namorado e fim. O resto é o resto.

As amigas fizeram um "hum" de gozação e ela continuou com seu jeito espalhafatoso:

– É isso mesmo! A gente tem que ser sincera.

– Tudo bem, Zeza – disse Vera. – Você tem razão. Mas, me diga, como é que tá a barra com relação a seus pais?

– Na mesma. A única coisa que mudou é que meus pais já sabem que em janeiro vou procurar emprego. Sei um pouco de computação e tenho certeza de que arrumarei um lugar qualquer pra trabalhar, ganhar minha grana e ficar livre dos velhos. Eles talvez não sejam tão chatos como os julgo, mas a gente não se entende. Então o melhor é eu ficar mais tempo que puder fora de casa.

– Mas você nunca tentou conversar com eles pra ficarem numa boa? – indagou Paula.

– Não dá, Paulinha. Sabe, gente, eu também sou difícil à beça. Meu pai diz que quando eu souber como é dura a vida vou ser menos orgulhosa e ouvi-lo. Pode ser que ele tenha razão. Agora no Natal, todo mundo fica bonzinho e estou querendo me aproximar um pouco mais deles.

– No fim, tudo dá certo – sentenciou Vera. E virando-se para Sônia: – E pro seu lado, Soninha, como estão as coisas?

– Tudo bem.

Vera brincou:

– Quando brasileiro diz que vai tudo bem, vai tudo mal.

As colegas riram e Sônia procurou justificar seu "tudo bem":

– Não adianta a gente se queixar. Os nossos pais são como são e estão velhos para mudarem.

– E de amor, como vai? – indagou Zeza.

– Bem, né – e Sônia deu um risinho chocho.

– Bem, mesmo? – perguntou Vera.

– Sim.

– E o teste?

– Que teste, Verinha? – retrucou Sônia, fazendo-se de desentendida.

– O teste de gravidez.

Sônia empalideceu, mas procurou se controlar. Paula e Zeza se olharam e fizeram uma expressão de espanto.

– Como é que você sabe, Verinha? – perguntou Sônia com certa agressividade na voz.

– Olha, Soninha, não precisa se zangar. Uma amiga viu Fernando comprando o teste e me contou. Ela fez questão de me contar.

– Sei.

– Mas vocês não usaram camisinha?

– A primeira vez foi sem querer, na hora a gente nem pensou.

– Atrasou a menstruação?

– Atrasou um pouco.

– E o que deu o teste?

– Negativo, felizmente.

Paula olhou para Zeza e perguntou:

– Você não tá com água na boca?

Zeza apontou a boca com o dedo indicador e respondeu:

– Olha só, estou babando.

Vera ficou olhando para Sônia, meio desconfiada que a amiga mentia, e advertiu-a:

– Esses testes são meio furados, viu, Soninha?

– Mas está tudo bem.

– E se você estivesse grávida? – indagou Paula.

– Ah, Paulinha, se eu estivesse grávida, só ia resolver o que fazer depois das festas.

– Por que depois das festas? – perguntou Zeza.

– Porque as festas de fim de ano são dias pra se ficar alegre e qualquer que fosse minha decisão ia deixar alguém triste.

Nisto, entraram Rodrigo e Marlene com o bolo. Ela o colocou sobre a mesinha e disse:

– Demorou, mas chegou – e acendeu a velinha.

série JOVEM BRASIL

SUPLEMENTO DE ATIVIDADES

Sem olhar para trás

LANNOY DORIN

Elaborado por Janaina Tiosse de Oliveira Corrêa

NOME: ____________________

ANO: ____________________

ESCOLA: ____________________

Editora do Brasil

Aparentemente, Paula, Vera, Zeza e Sônia têm um grande problema: todas ficaram para recuperação em Matemática e estão muito preocupadas com isso. Ao estudarem juntas para o teste final, ficam mais próximas e entre confissões mostram que seus problemas estão muito além do que os pais conseguem enxergar. Por meio de suas experiências e ideias, elas descortinam o complexo mundo dos jovens, repleto de possibilidades e fortes emoções, mas também rodeado de dúvidas e insegurança diante do futuro. Sônia, uma das amigas, além de tudo isso, também tem de se preocupar com algo bem maior que poderá modificar para sempre sua vida.

1 "A gente tem mais é que estudar. Na nossa idade, o negócio é obedecer e ficar de bico calado. Mas tem hora que tenho vontade de mandar tudo pro espaço, a começar pela família."

a) Esse trecho do livro mostra um aspecto da relação de Paula, Vera, Zeza e Sônia com suas famílias. Relacione abaixo algumas palavras e/ou expressões que caracterizem o relacionamento das garotas com seus pais.

Paula ____

____

Vera ____

____

Zeza ____

____

Sônia ____

____

b) A adolescência é uma fase de transição entre a infância e a vida adulta. Nessa fase, às vezes somos considerados muito velhos para ter determinadas atitudes, ou muito novos para assumir certas responsabilidades. Como no caso de Sônia, que com muita dificuldade obteve dos pais

Imediatamente Vera, Zeza, Sônia e Rodrigo começaram a cantar o “Parabéns pra você”.

Quando terminaram, Sônia levou a mão direita à altura do abdome e sorriu. Um sorriso enigmático que só ela mesma seria capaz de decifrar.

Marlene e Rodrigo deixaram a sala e as quatro ficaram comendo bolo e ouvindo música.

Mais tarde, quando Arnaldo chegou, Vera, Zeza e Sônia avisaram a Paula que precisavam ir. Paula foi pedir ao pai que levasse as colegas às suas casas e ele gentilmente a atendeu.

No carro, Sônia só pensava em seu problema e a todo instante repetia a si mesma que precisava encontrar uma solução.

MBRIAO
10 w 6 d
10 w 6 d
ada
SA E GUARANA

21

Quando se deitou, Sônia começou a relembrar tudo que lhe ocorrera desde que fizera o teste de gravidez. E à medida que recordava as conversas que tivera com Norma, Ângela e Fernando, procurava coordenar suas ideias na busca daquela que poderia ser a melhor solução.

A solução seria o aborto? Essa era a opinião de Fernando. A mais simples. Teria apenas de convencer Ângela a ir com ela para São Paulo. Depois inventaria uma mentira para a mãe, diria que ela e a amiga iriam assistir a um show qualquer e dormiriam na casa da tia de Ângela. Faria o aborto e pronto. Tudo estaria resolvido. Será? Norma abrira seus olhos para os possíveis perigos do aborto. E se acontecesse algum acidente? Era difícil. Tanta gente já abortou... Mas o que realmente a atemorizava era o lado moral disso tudo. Se não tivesse conversado com Norma, talvez nem pensasse nisso. Mas a professora falara em direito à vida do embrião e nas cicatrizes psicológicas que ela poderia ter. Caso viesse a abortar, iria se sentir culpada por toda a vida? E se não abortasse, como enfrentaria Fernando? Fernando só queria se livrar do problema, não tinha ideia se isso era certo ou errado. E seus pais a apoiariam? Como seria ser mãe ainda na adolescência? Será que ela estava preparada?

Para o pai era simples: fez a besteira, aguente as consequências. Que consequências? Teria que arrumar um emprego, provavelmente sair de casa. Não, a mãe dissera que, mesmo sendo sem-vergonha, uma adolescente grávida devia ser amparada. Ficaria em casa até ter a criança e sofreria toda a sorte de humilhações. E a escola, conseguiria terminar os estudos? E Fernando, assumiria a paternidade? Por certo ele a abandonaria. Seria melhor conversar com ele. Ela lhe diria que resolvera não abortar.

Ele a xingaria, perderia a cabeça. Ela lhe diria que não podia obrigá-lo a ficar com ela. Ele por certo a deixaria. Era livre, podia fazer o que quisesse, mas que, juntos ou não, de certas obrigações ele não poderia se esquivar. Afinal, ele era o pai...

Sônia levantou-se. Foi à copa, tomou um copo-d'água e voltou para o quarto. Ficou se olhando no espelho e pensou: "Seria bom se eu fosse apenas uma personagem de um conto. Aí, eu ia pedir de joelhos ao autor para me tirar da história. Mas não sou. Tenho que me decidir".

Deitou-se e começou a rir. De repente, parou e se perguntou: "Soninha, por que você está rindo?". Não foi capaz de responder. Teve apenas a intuição de que descobrira o nó do problema e de que a solução viria por si.

Levantou-se, foi ao espelho da penteadeira, ficou se olhando, tentando apreender alguma coisa da parte mais profunda de seu inconsciente. "Por quê?", sussurrou. Sim, por que concluíra que não deveria abortar? Teriam sido as palavras tão ponderadas de Norma? A professora se esforçava por não emitir uma opinião, mas a dera. Conseguira infundir-lhe o medo das cicatrizes psicológicas, o temor de abrirem-se feridas em sua alma que talvez tempo algum pudesse curar.

Voltou, deitou-se e disse baixinho: "Coragem". Sentou-se na cama, fechou a mão direita, deu um soco no colchão e disse a si mesma: "É isso, coragem! Talvez Ângela possa me ajudar. Necessito demais de uma voz amiga. Mas a decisão já está tomada".

22

No dia seguinte, logo pela manhã, Sônia foi à casa da amiga. Como sempre faziam, foram para o quarto de Ângela, que trancou a porta e encostou as venezianas.

Sentaram-se na cama e Ângela, arregalando os olhos e dando um risinho meio sem graça, perguntou:

– Então, como é que estão as coisas?

Sônia fixou seus olhos nos da amiga e respondeu:

– Já me decidi, Ângela. Não vou abortar.

– Hem?!

– É isso mesmo.

Ângela esbugalhou os olhos, levou as mãos em concha à boca, e ficou com a respiração suspensa.

– Não se espante – continuou Sônia. – Vou assumir esse filho, com ou sem o Fernando.

Ângela soltou os braços, abaixou a cabeça, fechou os olhos, suspirou e perguntou, sussurrando:

– É definitivo?

– É, Ângela. E seja o que Deus quiser. Sei das dificuldades, mas já pensei em tudo e tirei uma conclusão.

– E qual é?

– Até hoje só obedeci. Sempre vivi dos outros e para os outros. Nunca pude tomar uma decisão sozinha, fazer alguma coisa que desejasse, ser eu mesma. Sempre fui dominada, conduzida. E agora, com esse problema, até o Fernando se transformou num cara autoritário. Sinto-me mais do que nunca oprimida e estou achando que ter um filho pode ser o primeiro passo pra mudar isso.

– Será? – indagou Ângela, com a testa franzida a denunciar sua dúvida.

– É. A partir de agora, Ângela, sou eu que vou dirigir minha vida. Sei que esse filho me obrigará a tomar um novo rumo, sei da responsabilidade disso tudo, mas parece que ele despertou uma outra Sônia que estava adormecida dentro de mim. E ela está gritando que existe, que tem ideias e sentimentos próprios e que eles precisam ser respeitados. Eu sou gente, Ângela!

A amiga balançou a cabeça afirmativamente. Sempre achara que Sônia tinha um defeito: era incapaz de se decidir por si mesma. Agora via outra Sônia, fazendo uma opção e com o propósito de caminhar sozinha. E concluiu que seria o momento propício de demonstrar sua lealdade para com ela. Encarou a amiga e, com a voz calma, disse:

– Soninha, você tem em mim uma amiga de verdade. Se você quer levar adiante essa sua intenção, conte comigo. Mas você terá que ir em frente, não olhar para trás e jamais se lamentar do que fez.

– Ângela, estou decidida. Tenho certeza de que vou sofrer, mas era exatamente disso que eu precisava para me sentir alguém dentro do mundo.

– E Fernando? – perguntou Ângela. – Como ele reagirá?

– Vou dizer a ele tudo que lhe falei. Se quiser assumir, tudo bem. Se não quiser, é problema dele. Cada um com a sua consciência, com as suas escolhas.

– E seus pais?

– Só falarei pra eles mais pra frente. Vou procurar um emprego no começo de janeiro, sei que não é fácil encontrar trabalho grávida, mas parada não vou poder ficar.

– E a escola, como vai ficar?

– Vou levando até onde conseguir. Terei de parar por um tempo, não vai ter outro jeito, mas quando for possível voltarei para terminar os estudos. Quem sabe eu não faço até uma faculdade depois?

– E quando você vai falar com Fernando?

– Hoje.

– Hoje?!

– É. Quando eu sair daqui, vou falar com ele.

– Quer que eu vá junto?

– Não, Ângela. Esse será o meu primeiro passo para resolver tudo e quero dá-lo sozinha. Não se preocupe. O que ele pode me fazer? O problema daqui pra frente passa a ser dele. Vou ter esse filho, mesmo que todo mundo me censure e ache um absurdo de minha parte. Isso só diz respeito a mim. Acho que tendo o filho, vou sofrer e muito, mas jamais me arrependerei.

– Você fez a opção?

– Sim, Ângela. Fiz essa opção e vou em frente.

Ângela procurou se explicar:

– Não duvido, Soninha. O que estou achando engraçado é que você, parece que de uma hora pra outra, virou outra mulher.

– Não. É que, de uma hora para outra, despertou a verdadeira Sônia que sempre existiu dentro de mim.

Mal Sônia terminou de pronunciar a última palavra, as venezianas se abriram e Matilde sorriu para as duas, que se olharam surpresas. Será que ela teria ouvido a conversa delas?

– Faz tempo que a senhora está aí? – perguntou Ângela.

– Não – respondeu Matilde. – Só vim ao quintal arrumar um vaso de avenca e por acaso ouvi a conversa de vocês.

Sônia ficou pálida e Matilde procurou tranquilizá-la:

– Ouvi tudo, Soninha, e não precisa temer nada. Você está certa, minha filha. Pode crer que está pensando direito e veio aqui por algum motivo.

– Como assim algum motivo? – estranhou Sônia.

– Um motivo. Você veio até nós para ser encorajada. Você precisa de confiança. Tendo confiança em si, nada a destruirá e você superará todas as adversidades da vida.

– Obrigada, dona Matilde.

– Não é um favor que lhe fazemos. É um dever. E quanto à sua família, não se preocupe. Quando chegar a época certa, e se você quiser, eu lhe ajudo a conversar com sua mãe.

A alegria voltou ao rosto de Sônia. Virando-se para Ângela, disse que estava na hora de ir embora.

No portãozinho, Sônia abraçou Matilde e Ângela, desejando-lhes feliz Natal. E quando pôs os pés na calçada, Ângela a chamou. Ela se virou e a amiga disse apenas:

– Boa sorte.

Ela agradeceu e foi-se embora, sem olhar para trás.

Posfácio

Algumas vezes, algo inesperado pode alterar completamente o curso de nossa vida. E então, se tivermos paciência para ouvir nossa intuição, superaremos as dificuldades com sabedoria.

O que aconteceu com Sônia foi um desses instantes mágicos, quando o inconsciente nos faz ver que um ponto de chegada é também de partida. Ela, sem saber direito por que, teve a consciência da realidade em que vivia e na qual estivera flutuando. Dissiparam-se as suas ilusões e, com os pés no chão, pôde perceber como realmente eram as pessoas com as quais convivia.

A dura realidade muitas vezes nos faz sofrer, mas não há amadurecimento sem dor. E, se formos fortes para suportá-la, encontraremos a felicidade, que é o sermos felizes com o nosso modo de ser e nossa compreensão do meio social no qual vivemos.

Sônia também pôde ver que neste mundo há pessoas capazes de pensar com o coração. São as que, em vez de nos criticar pelo que fizemos e foi tido como errado, nos ensinam a enxergar no escuro e ouvir no silêncio. São as que nos apoiam e encorajam nas situações mais difíceis pelas quais passamos, quando é preciso seguir em frente, sem olhar para trás.

Lannoy Dorin

Biografia

LANNOY DORIN

Nascido em 1934, em Tambaú, interior de São Paulo, Lannoy Dorin é jornalista, pedagogo, mestre em Psicologia e professor. Lecionando desde 1959, já atuou na formação de professores e de psicólogos, além de ter colaborado na criação de duas universidades, dez faculdades e em torno de vinte cursos de nível superior pelo interior paulista.

A carreira de escritor iniciou-se com a publicação de seu primeiro livro de Psicologia, em 1969, pela Editora do Brasil. Antes, porém, colaborou também com inúmeros jornais e revistas, escrevendo diversos artigos. Muitos foram os livros publicados e dentre eles destaca-se sua produção voltada ao público jovem, com temáticas relacionadas aos problemas comumente vivenciados nessa fase da vida.

Todos os seus livros juvenis foram escritos com base em histórias reais, coletadas a partir de sua experiência como professor e psicólogo. Casado, pai de quatro filhos, avô de dois netos, mora em Jundiaí, SP, onde é membro permanente da Academia Jundiaiense de Letras. Lannoy Dorin considera-se realizado por poder contribuir para a formação de tantos jovens, e com esta reedição de *Sem olhar para trás*, revisada e readaptada, o autor deixa entrever seu compromisso com questões ainda tão importantes para a sociedade atual.

Impresso sobre papel Polen Soft 80g/m².

Foram utilizadas as variações da fonte Sabon, de Jan Tschichold.